狗神様と恋知らずの花嫁

榛名　悠

幻冬舎ルチル文庫

CONTENTS ✦目次✦ 狗神様と恋知らずの花嫁

✦カバーデザイン＝久保宏夏（omochi design）
✦ブックデザイン＝まるか工房

イラスト・のあ子✦

狗神様と恋知らずの花嫁

また会いに来るから——と、奴は言った。

人間の「また」というのが、一体どれほどの期間を指すのか見当もつかず、しばらくの間は山裾《やますそ》に聳《そび》え立つ大杉の上から村に出入りする人間の様子を眺めて過ごした。

秋が過ぎて、冬になり。しんしんと降り積もった雪が解けて、黄色い花かんむりが野を埋め尽くしても、奴は姿を見せなかった。

再び夏が来る。

村に濃い緑が広がり、空はどこまでも青い。

大杉の上から見下ろす畑には、その年も真っ赤なトマトが熟し、緑の葉の間にはぎっしりと中身の詰まったキュウリやナスがたわわに実っている。

だが、そこに奴の姿はない。

そろそろ現れる頃かとひそかに期待しながら、今日もいそいそと杉に登り、西に沈む太陽を見つめては明日に希望を持ち越す。

やがて夏も終わりに近づき、山には秋の風が吹き始めていた。

緑の景色が徐々に鮮やかな衣替えを済ませ、目の端を赤や黄色の葉がくるくると舞っては落ちてゆく。

モミジを一葉摘《つ》まんで見つめた。

お前は、いつになったら姿を現すのだ？

会いに来ると、そう言ったではないか。

日が昇り、沈み。モミジは真白な雪になり、手をすべって地を覆い、そこにまた新しい命が生まれた。

季節は何度でも巡る。

――元気にしてろよ。絶対にまた会いに来るから。

もう二度と戻ってこないあの夏の記憶を手繰《たぐ》り寄せながら、今日も杉の木に登る。

人間とは、寿命が短いくせに随分と待たせるものだ。

待って、待って、待って――気づくと八年が経《た》っていた。

■1■

父の故郷を訪れたのは八年ぶりだった。

「本当に、自然以外は何もないところだよな」

森本雪弥《もりもとゆきや》は青と緑と茶で作られた長閑《のどか》な景色を眺めながら、深く息を吸い込んだ。

「山に川に畑……まんが日本昔ばなしとかに出てきそう。あ、いわし雲」

この辺りを歩くのも久しぶりだ。初秋の風が街中よりも随分と涼しく感じる。

子どもの頃はよく遊びに来たが、高校二年生の夏休みを最後にめっきり足が遠退《とおの》いていた。

市街地から車で一時間以上もかかる、山間《やまあい》の小さな村落。ただでさえ時代から取り残されたようなひなびた土地を、線香臭い湿っぽい空気が包み込んでいる。

振り返ると、写真に写し取ったみたいに鮮やかな自然の中に、白と黒の鯨幕《くじらまく》が不自然に浮いていた。そういう雪弥も黒い礼服姿だ。風景に溶け込むことなく浮いている。

祖父が倒れたと電話を受けたのは、一昨日《おととい》のことだった。

裏の畑で倒れているのを、偶然通りかかった村の人に発見されたのだ。すぐに病院に運ばれたが、息を吹き返すことなく死亡が確認されたという。

雪弥と父は急いで駆けつけたが、到着する前に車中で叔父《おじ》からの電話を受けることとなった。祖母はすでに他界しており、同じ市内に住んでいる長男夫婦が祖父の遺体を確認したそうだ。八十八歳、心不全だった。

まるで眠っているだけに見える、けれどもう二度と目を開けることのない祖父の生前の顔を思い出して、雪弥は胸がいっぱいになる。

「ばあちゃんに、母さんに——じいちゃんまで天国に行っちゃったなあ」

後悔とは、後になって悔やむからそう言うのだけれど、もっと祖父が生きている間に会いに来ればよかったと嘆くばかりだ。

大学に合格した時は電話で報告しただけだった。まるで自分のことのように喜んでくれた祖父。初めて一人暮らしを経験した四年間の大学生活はあっという間で、それから実家の椽坂《くぬぎざか》神社に戻り、家業を手伝うようになって間もなく、もともと体が弱く入退院を繰り返していた母が亡くなった。

その後は、毎日が目まぐるしく過ぎていき、雪弥も父も自分たちのことで精一杯だった。

職業柄、年末年始は忙しく、夏は夏でやることがたくさんある。遠出をする時間がなかなか取れない。

「——なんていうのは、言い訳だな。きっと、父さんが一番後悔してるんだろうな」

ひっそりと静まり返った自然の中では、ついつい独り言が多くなる。言葉にして口に出すと、体の中で凝り固まっていた様々な感情の波が押し寄せてきて、じわりと目頭《めがしら》が熱くなった。ツンとする鼻を啜《すす》り、目尻《めじり》を軽く拭《ぬぐ》う。がさりと音がしたのはその時だった。

雪弥はハッと顔を上げた。すぐ傍《そば》の草むらを見やる。音は確かにその方向から聞こえた。

「何か、いるのか……？」

畦道《あぜみち》を少し逸《そ》れれば、もうすぐそこが山の入り口だ。こんもりとした木々の隙間《すきま》を縫うようにして、山道が何本かくねくねと延びている。村の人ならどこに道があるのか感覚でわかるのだろう。しかし曖昧《あいまい》な山の境目には雑草が生い茂っていて、雪弥にはさっぱりだった。

草に埋もれたその中を、サッと黒い影が過《よ》ぎった。

「——！」

思わずびくっと立ち止まる。雪弥は目をシパシパと瞬《しばた》かせた。

黒っぽい柔らかそうな獣毛《じゅうもう》に包まれた小動物が、目の前をトテトテと歩いている。もふっと丸みを帯びた縞々尻尾《しましましっぽ》——子タヌキだ！

年々餌が減り、山から村に下りてくる野生動物が増えているという。畑荒らしのほとんどが餌を求めてやって来た彼らの仕業《しわざ》らしい。雪弥も子どもの頃は、夏休みになると祖父母の家に遊びに行っては山に入っていたので、こういう光景に出くわしたことは何度もあった。イタチにキツネ、シカ、イノシシ。もちろんタヌキも例外ではない。

久々に野生のタヌキを見て、雪弥は少しばかり興奮していた。

まだ生まれて間もないのか、親タヌキの半分ほどの大きさだ。獣毛も茶というよりは黒に近い。ぽてんぽてんと重そうに尻尾を揺らしている。親とはぐれてしまったのだろうか。

子タヌキは地面に鼻をつけてクンクンと匂いを嗅《か》ぎながら、草むらを彷徨《さまよ》っていた。

雪弥は音を立てないよう気をつけて、その場にしゃがみこんだ。背の高い草に隠れて子タヌキの様子を見守る。

地面を嗅いでいた子タヌキが、急にひょこんと顔を上げた。何かを見つけたのだろうか。速度を上げてトテトテと歩きだす。

親タヌキに会えたのかもしれない。雪弥は視界を邪魔する雑草をそっと除《よ》ける。

しかし、目に飛び込んできた人工物にぎょっとした。赤茶の錆《さび》が浮いた古い檻《おり》。仕掛けられたその中に、肉の塊が入っている。畑を荒らす害獣駆除用の罠《わな》だ。

気づいた時にはすでに遅く、子タヌキは前肢《まえあし》を檻の中に入れてしまっていた。

「待っ――――」

脇の草陰から何かが飛び出してきたのは、雪弥が立ち上がろうとした瞬間だった。

檻の中にもう一匹、別のイキモノが猛スピードで駆け込んでいく。子タヌキよりも二回りほど大きなそいつは、何も知らずに餌に近づく子タヌキの首を乱暴に銜《くわ》えたかと思うと、勢いをつけてポイッと外に放り投げたのだ。反動でそいつは檻の中に転がり込み、同時にガシャンと扉が閉まった。

あっという間の出来事だった。雪弥は一歩も動けず、目を丸くして檻の中を見つめる。

黒毛の三角耳にふさふさ尻尾。種類はよくわからないが、どうやら犬のようだ。首輪はしていない。今時、野良犬は珍しいが、もとは飼い犬だったのが山に捨てられたのだろうか。閉じ込められたそいつは、転がった体をゆっくりと起こした。騒ぐ様子もない。諦《あきら》めたように頭を傾けて、呑気《のんき》に後ろ肢を上げて三角耳を掻《か》いている。オスだ。この大きさはまだ子どもだろうか。それとも小型の犬種なのか。見た目のわりに随分と肝《きも》が据わっている。

一方、地面に放り出された子タヌキはきょとんとしていた。しばらくして状況を把握したのか、キューンと鳴きながら檻に近づいてゆく。黒犬が肉の塊を豪快に嚙《か》み千切《ちぎ》って、ペッと鉄格子の隙間から外に吐き捨てた。子タヌキが恐る恐る寄って来て、その肉を銜える。すると犬がいきなりギャンギャンと鋭い声で吼《ほ》え出し、驚いた子タヌキは文字通り飛び上がって転がるように檻から距離を取った。

黒犬は、子タヌキを危険から遠ざけようとわざと大声で威嚇《いかく》しているように思えた。

種族を越えた珍しい場面に遭遇して、何だか捕まってしまった犬が気の毒になってくる。

中腰で固まっていた雪弥はキョロキョロと辺りを見回した。誰もいないことを確認して立ち上がる。ガサッと草を踏み鳴らす音に、子タヌキがびくっと怯《おび》えて逃げてしまう。

檻の中の黒犬も瞬時に反応を示す。尻尾を立て、警戒心を撥《は》ね上げるのがわかった。黒々とした殺気立った目が雪弥を睨《にら》みつける。子タヌキ相手とは大違いだ。檻に捕らわれているにもかかわらず、下手なことをすれば今にも飛び掛かってきそうな迫力。小さな体に反して纏《まと》う気配は獰猛《どうもう》な肉食動物そのものだ。

「だ、大丈夫だから」雪弥はごくりと生唾《なまつば》を飲み込んで言った。「俺はお前を捕まえるつもりはないからさ、そんなに睨むなよ」

目を逸らさないよう見つめ合って、雪弥は両手を上げる。慎重に距離を縮めてゆく。

「大丈夫、何もしないから」

「………」

ようやく、こちらが危害を加えないと伝わったのだろう。グルルルと唸《うな》っていた黒犬がふいにおとなしくなった。

それまでが嘘のように、殺気の削《そ》がれた丸い目でじっと雪弥を見上げてくる。臨戦態勢だった後ろ肢を行儀よく折り畳み、ふさふさとした尻尾は低い位置で小さく揺れていた。

「あ、よかった。おとなしくなってくれた。今、開けてやるからな」

せっかく罠を仕掛けた村の人には悪いが、檻の扉を開けてやる。

黒犬はまるで不思議なものを見るような眼差《まなざ》しで、じっと雪弥を見つめていた。手招きすると、ハッと我に返ったように目をパシパシと瞬かせる。そのしぐさが妙に人間っぽくて、親近感が湧いた。よく見るとかわいい顔をしている。「おいで」と、呼びかけてやる。彼は戸惑うような足取りで、ゆっくりと外に出てきた。

「子タヌキを守ったお前、かっこよかったよ。でも、この辺りには結構こういう罠が仕掛けてあるみたいだから、もうあんまりこっちに下りてきたら駄目だぞ」

「…………」

ドングリ眼《まなこ》が雪弥に何かを訴えているような気がした。物言いたげにゆらゆらと揺れるふさふさ尻尾。もしかして、お礼を言っているのだろうか。

「人間に慣れてるよな。やっぱり飼い犬だったのかも。お前、捨てられちゃったのか？」

檻から出ても、彼は走って逃げることはせず、じっと雪弥を見上げている。そっと手を伸ばし、小さな頭を撫でてみた。黒犬は心地よさげに目を閉じて雪弥に身を任せている。

かわいいなと、思わず頬《ほお》が弛《ゆる》んだ。ふかふかとした尻尾が嬉《うれ》しそうに揺れている。抱きしめたら気持ちよさそうだ。

撫でながら、額《ひたい》の一部の毛が抜けていることに気づく。周囲の獣毛に埋もれているが、大きな三日月形の傷痕《きずあと》。――一瞬、何かを思い出しそうになった。

「あれ、その傷……」

その時、「雪弥！」と呼び声が掛かった。びくっと背筋を伸ばす。慌てて振り返ると、畦道の向こう側で喪服姿の父が手を上げていた。

「そんなところで何をしているんだ。姿が見えないから探したんだぞ」

「あ、ごめん。ちょっと散歩してて。えっと、珍しい花が咲いていたから」

「花？」父が怪訝《けげん》そうに首を傾《かし》げる。「しかし、この辺は草だらけだなあ。少し刈《か》った方が見通しもよくなっていいだろうに」

今のうちに早く山へ帰れ――雪弥は後ろ手に合図を送った。この草むらなら、父からは雪弥の足元まで見えないはずだ。賢そうな犬だから、自分が取るべき行動を素早く察したのだろう。背後でカサッと草を踏みならす音が聞こえた。

「じゃあな。気をつけろよ」

黒犬に小声で別れを告げると、雪弥は待っている父のもとへ急いだ。


葬儀や諸々《もろもろ》の片付けも終わり、雪弥は父を置いて先に帰宅することになった。

父たち兄弟四人が揃うことは少なく、この機会に今後について話し合いをすることに決めたらしい。祖父母が亡くなった今、この家に住む者もいない。各種手続きなど、やらなければいけないことが山積みなのだと、叔母《おば》がため息をついていた。

「それじゃあ、家のことを頼んだぞ」

父に言われて、雪弥は上着を羽織りながら「うん」と頷《うなず》いた。さすがに神社をいつまでも留守にしておくわけにはいかない。ちょうど同じ方面に帰る二つ年上の従兄弟《いとこ》がいるので、車に乗せてもらうことにしたのだ。

「雪弥くん、荷物これ？　おっ、結構重い」

「ごめん。何かいろいろ貰《もら》っちゃって。漬物とかお菓子とか、酒の瓶まで入ってるからさ」

「俺も缶ビール一ケース貰った」と笑いながら、従兄弟が荷物を車のトランクに積み込む。

「今週は、特に急ぎの用件はないから大丈夫だとは思うが……ああ、祭りの件で町内会長さんから連絡があるかもしれないな。あと、七五三の問い合わせがあるかも。何かあったらこっちに連絡をくれ」

「うん、わかった。父さんも、今日はゆっくり寝た方がいいよ」

父はこちらに来てからずっと慌《あわただ》しく動き回っていて、疲れたような顔をしていた。

苦笑する父に見送られて、雪弥は車に乗り込んだ。

従兄弟と途中で運転を交代しながら車を走らせる。食事休憩を含めた約四時間後、ようやく見慣れた神社の石階段の前に到着した。辺りはもうすっかり暗くなっていた。

「送ってくれてありがとう。お疲れ様、気をつけて」

従兄弟は「じゃあな」と軽く手を上げて、車を発進させる。彼はまだこれから更に一時間ほどかけて帰宅するのだ。

車を見送り、雪弥は鳥居をくぐって石段を上がる。思ったよりもボストンバッグが重くて、階段と二重になって疲れた体に応える。さすがにこの時間に参拝者はなく、シンと静まり返っていた。

椽坂神社は住宅地の中にある小規模な稲荷《いなり》神社だ。

雪弥の母親の家系が代々継いできたが、バックパッカーだった母の実兄は海外で家族を設けてそのまま移住してしまった。結局、当時母と交際していた父が婿《むこ》養子になり、跡を継いだという経緯《いきさつ》がある。森本の祖父母はすでに亡くなっており、現在は父がこの神社を取り仕切っていた。三年前に神職取得過程のある大学を出た雪弥も日々修行の身だ。いずれはかわいいお嫁さんをもらって、橡坂神社を継ぐ予定である。

昨今の宗教界は人口減少や信仰心の薄れ、後継者不足などが理由で存続が厳しい状況に追い込まれる寺や神社が増加している。このままでは近い将来、日本の寺社は半減する——とまで言われるくらいだ。そんな多くの住職や宮司《ぐうじ》たちが頭を悩ませている中、ここ橡坂神社は恵まれている方だといえた。

古くからある住宅地界隈で暮らす人たちとは代々付き合いがあり、日課のように朝の散歩がてら、または買い物の行き帰りに立ち寄ってくれるご近所さんも多い。

更に数年前、傍《そば》の寺院にある急勾配《きゅうこうばい》の坂がパワースポットとしてメディアに紹介されて以来、坂を上りに来る観光客が増えたのだ。そして竹林を抜けた先の水場に湧き水と共にたまたま置かれていた招き猫がかわいいと評判になり、そこから商店街を抜けてすぐの橡坂神社まで、せっかくだから足を延ばそうというありがたい観光コースができあがったのである。

今でもひと月に訪れる参拝者の半分は若い女性だ。聞いた話によると、招き猫を撫でた後に買った宝くじが当たったとか、腰痛に悩まされていたＯＬが坂を上ったら治ったとか、ご利益《りやく》もあながち嘘ではないようだ。

残念ながら椽坂神社に関しては特にそういう噂を聞くことはなかったが、この神社にも立派な神様がいるということを、雪弥はいつもこっそりと心の中で宣伝している。

「ただいま」

雪弥は真っ暗な境内《けいだい》に向けて言った。

返事はない。もう一人の同居人はすでに寝てしまったらしい。

「何だ、せっかく油揚げの煮物を詰めてもらったのに」

独りごちながら、参道を歩く。途中から脇に逸れて、社殿を迂回する。敷地奥の生垣《いけがき》で仕切られた場所にある建物が、雪弥の自宅だ。

玄関に入り靴を脱ぐと、急に疲労感が増したみたいに足がどっと重くなった。

正座は慣れているが、自転車を漕《こ》いだのは久しぶりで足がパンパンに張っている。小さな村の隣近所というと、平気で何百メートル、下手すれば一キロ以上も離れていたりするのだ。皆が使うので車が足りず、若い雪弥は用を頼まれるとママチャリを必死に漕いで移動せざるをえなかった。父ほどではないが、雪弥も叔母や手伝いに来てくれた近所のおばさんたちの指示であれこれ扱《こ》き使われて、くたくただった。

廊下で靴下を脱ぎ捨てる。チノパンのボタンを外しながら居間の電気をつけると、思わずボストンバッグを放り投げて畳の上に寝転がった。

「うあー、疲れたー」

うーんと伸びをして、目を閉じる。うっかりこのまま寝てしまいそうになり、慌ててかぶりを振って体を起こした。

「とりあえず風呂に入ろう。そうだ、食べ物が入ってるから荷物を開けないと……」

酒瓶が入っているのを思い出し、鞄《かばん》を放り投げたことを後悔する。瓶は割れてないだろうが、油揚げのタッパーから煮汁が漏《も》れていたら大変だ。洗濯物も出して、スーツは掛けておかないと。面倒だなとため息をつき、畳の上を這《は》って移動する。鞄を開けた。

「――え？」

雪弥は一瞬、疲れて幻覚が見えているのかと思った。

一旦そっとジッパーを閉める。目を擦《こす》り、再び鞄を開けた。

「……嘘だろ」

だが、それは幻覚ではなかった。雪弥はしきりに目を瞬かせ、呆気《あっけ》にとられる。口を開いたボストンバッグの中にあるべき物がない。その代わりに、荷物としては不適切なモノが詰まっている。

酒瓶や菓子類、油揚げと漬物のタッパーを確かにここに入れたはずなのに――ぽっかり空いた場所にきゅっと詰まっていたのは、なんと、黒い獣毛に包《くる》まったイキモノだったのだ。

しかも無防備に腹を晒《さら》して、スピースピーと気持ちよさそうに寝息を立てている。

「……まさか、あの犬？」

額には特徴的な三日月傷。どう見ても昼間に遭遇した例の黒犬だ。

いつの間に入れ替わったのだろうか。まったく気がつかなかった。向こうを立つ前にもう一度確認するべきだった――と反省したところで後の祭りだ。狭い場所に仰向《あおむ》けの状態で嵌《は》まり込み、前後の肢を窮屈そうに折り畳んでいる姿は間抜けそのもの。尖《とが》った鼻先を幸せそうにピスピス震わせている様子を見せつけられては、何も言えない。

「自分で荷物を取り出して、この中に入り込んだのか？　犬って、案外器用なんだな」

吐き出す息が酒臭いのはどういうわけだろう。こいつ、まさか酔っ払って寝ちゃったんじゃないよな。何も知らずに連れて帰ってしまったが、よかったのだろうか。目が醒《さ》めて、まったく知らない場所にいたら、さすがの彼でも驚くに違いない。段ボールで送り返すわけにはいかないし。

どうしたらいいものか――雪弥は鞄の中で熟睡する黒犬を見つめて、ため息をついた。

「呑気に寝ちゃって。賢そうに見えたんだけど、実はおバカさんなのか？」

おかしな恰好《かっこう》で寝ていたせいか、寝癖がついている。あれ？　と雪弥は首を傾げた。もこもこした黒い獣毛がよじれて、額の三日月傷がはっきりと浮かび上がる。

「この傷、もしかして……」

唐突に、脳裏にひらめいた。忘れていた記憶がまざまざと蘇《よみがえ》ってくる。

確かあれは、雪弥が最後に祖父の家に遊びに行った時のことだ。今から八年前、高校二年生の夏休み。暇だったので、鈍行列車に乗り一人旅気分を味わいながら田舎《いなか》の祖父を訪ねたのだ。

その時に、一匹の犬と出会ったのである。

祖父の家の裏の畑。その隅にある古い物置小屋に、彼はじっと潜んでいたのだった。

初めはその大きさと姿から狼かと思った。だが日本に野生の狼は現存していないので、山育ちの大型犬だろうと思い直した。とにかく大きくて、黒い立派な毛並みをした獣だった。

彼は、前後片方ずつの肢に大怪我《おおけが》を負っていた。

何があったのか額からも血を流し、随分と衰弱しているようだった。傍《はた》から見ても、とても動ける状態ではなく、気の毒に思った雪弥は怪我の具合を見ようとしたのだ。しかし、彼は弱っているにもかかわらず雪弥に向かって鋭い牙《きば》を剝《む》き、激しく吼えて威嚇してきた。八年経った今もそんなに変わりはないが、当時十七歳だった雪弥は更に線が細く、とてもではないが、圧《の》し掛かられたらあっという間に力負けするのが目に見える相手だった。手負いの獣でもきっと自分は勝てない。それほど迫力のある犬だった。

それでも、彼を放っておけなかった。

物心がついた時から獣毛に触れていたせいか、動物は慣れていると自負していた部分もあったのだろう。怪我をしている彼がかわいそうだったし、どうにかして助けてやりたかったのだと思う。だが興奮状態の彼は決して雪弥を自分に近寄らせようとはしなかったし、雪弥もこれ以上は危険だと察していた。あまり吼えて祖父に見つかっては困るので、とりあえず水と食糧を置いて一旦引いた。

動物病院に連れて行った方がいいかもしれない。調べると市内にあるようだが、当時は自動車免許を持っていなかったし、金もかかる。雪弥一人ではどう考えても無理だ。祖父に相談するか悩んだ。

小屋の水と食糧は、翌朝にはなくなっていた。

再び現れた雪弥に、やはり彼はグルルルルと威嚇してきたが、前日ほど吼えなかった。何より驚いたのは、怪我をして蹲《うずくま》っていたはずの彼が、睨みをきかせながらも四本肢で立ってみせたことだ。治癒能力がずば抜けて高いのかもしれない。

その翌日になると、彼は少し肢を引き摺《ず》っていたものの、小屋の中を歩き回っていた。脅威の回復力だ。そして、水と食糧を運んできた雪弥を敵でないと認識したのだろう。自ら寄って来たかと思うと、おとなしく食事を始めたのだった。あの時は、自分が猛獣使いにでもなった気分で嬉しかったのを覚えている。

その後、雪弥は祖父の家に滞在した約一ヶ月の間、彼と徐々に交流を深めていった。

結局、彼は自力で怪我を治してしまった。ある日突然小屋から姿を消してしまった時は心配したが、それからも毎日のように村に下りてきては、雪弥に会いにきた。懐いてくれているのだと思うと、彼がかわいくて仕方なかった。当初は一週間ほどの予定だったが、気づけば学校が始まるギリギリまであの村で過ごしていた。最後はすっかり情が移ってしまい、別れるのが辛《つら》かったくらいだ。

雪弥はボストンバッグを覗《のぞ》き込みながら、懐かしい記憶に思いを馳《は》せた。

「アイツの額の傷も、こんなふうに三日月だったよな。でも、体の大きさが全然違うか。コイツはちっちゃいもんなあ。鞄に潜り込むくらいだし」

確か、名前をつけて呼んでいたのだ。

「黒いから……クロ……そうだ、クロスケ！」

脳裏にひらめくようにして名前が浮かぶ。名前までつけてかわいがっていたのに、今の今まで忘れていた自分がひどく薄情に思えた。祖父に対する思いと重なる。あれから一度も会いに行かなかった。八年——人間にとっても長いと感じる年月だ。寿命の短い犬にとっては更に長いだろう。クロスケは元気だろうか。今もあの山で暮らしているのか。

「クロスケ、元気にやってるといいんだけど……」

独りごちたその時だった。

鞄の中の犬がゆっくりと薄目を開けた。

「あ、起きたのか！」

雪弥は小犬をまじまじと見つめる。

「大丈夫か？　お前、俺についてきちゃったんだよ。まさか、こんなところに潜り込んでるとは思わないからさ」

寝ている間に大移動だ。申し訳なく思いながら、よしよしと頭を撫でてやる。まだ眠いらしく、つぶらな目が半分しか開いていない。寝起きで機嫌が悪いのだろう。皺《しわ》を寄せて不貞《ふて》腐《くさ》れたような顔は、お世辞にもかわいいとは言いがたいが妙に愛嬌《あいきょう》がある。手を払うのも億劫《おっくう》なようで、小犬はおとなしく頭を撫でられていた。尖った鼻をひくひくと動かせた、次の瞬間だった。

突然、黒い体がぽうっと白く発光しだしたのである。

「──！」

驚いた雪弥は、鞄に突っ込んでいた手を咄嗟《とっさ》に引っ込めた。まるで熱した鍋に触れたみたいな錯覚を起こす。しかし実際は、指先に変化はなかった。熱さも冷たさも感じない。尻餅《しりもち》をつきながら自分の手をまじまじと見つめる。我に返って急いで腰を上げると、恐る恐る鞄の中を覗き込んだ。

黒い小犬はもう光っていなかった。再び目を閉じてスピースピーと夢の中だ。

「……何だったんだ、今のは」

雪弥はしばらくの間じっと彼の様子を観察していたが、ただ気持ちよさそうに寝入っている犬がそこにいるだけだった。大胆に腹を見せ、ちょっと間の抜けた愛らしい寝姿である。

光っているように見えたのは、気のせいだったのだろうか。

「……きっと、疲れてるんだ」

気のせいだと言われれば、そうかもしれないと早々に納得してしまう。常識的に考えて、生身の犬の体が発光するなんてありえない。電灯の光が目に映った残像かもしれないし、疲労した脳が見せた幻だと考えるのが妥当だろう。疲れているのだ。

「……俺も、風呂に入って早く寝よう」

黒犬はスヤスヤと眠っている。いつまでも窮屈な場所に嵌まっているのはかわいそうなので、そっと抱き上げて座布団の上に寝かせてやった。手に乗せた感触は柔らかい獣毛の奥でぐにゃりと生々しく、温かくて血の通った生き物のそれだった。

「こいつのことは、明日考えればいいか」

小さな体にタオルケットを掛けてやり、雪弥は肩と首を回しながら風呂場に向かった。

■2■

トン、トン、トン。

軽快な音の響きで目が覚めた。

カシャカシャカシャ。ジューッ。

「……?」

雪弥は手探りで目覚まし時計を引き寄せて、時刻を確認する。五時五十四分。あと六分で甲高《かんだか》い電子音が鳴り響く。

寝ぼけまなこで時計を睨みつける間も、トトトントトンと小気味いい音が聞こえてきていた。

台所? 雪弥は目を擦る。アラームを解除して辺りを見回すと、ここは自宅の居間だ。そういえば、昨夜は自分の部屋から布団を運び込み、この部屋で寝ることにしたのだった。

座卓の横に、小犬が寝ている座布団を確認する。タオルケットはこんもりと膨らんでいた。

まだお休み中のようだ。雪弥はぼんやりと視線を転じる。

半分開いた襖《ふすま》の先、廊下を挟んで向かい側が台所である。

先ほどから聞こえてくる物音は包丁でまな板を叩く音だ。ジュワジュワと油の跳ねる音。

嗅ぎなれた味噌汁《みそしる》の匂い。

「……父さん？」

自分の呟《つぶや》きで、一気に意識が覚醒した。

そんなはずはない。父はまだ祖父の家だ。こんな早くに帰ってくるはずがない。

だとすると、台所にいるのは一体誰だ？

「…………」

雪弥は思わずごくりと喉を鳴らし、静かに布団から這い出た。慎重に畳の上を歩いて廊下に出る。

抜き足差し足で進み、素早く壁に背中を貼りつけた。

スタタタタンッと、もはや料理人のような包丁捌《さば》きに恐怖すら覚える。緊張に動悸《どうき》が跳ね上がる。まさか泥棒？　盗みに入った先で朝食を作り出す泥棒なんて聞いたことがない。

雪弥は一つ深呼吸を挟み、覚悟を決めると台所の暖簾《のれん》をそっと掻き分けた。息を殺して奥を覗き見る。

ふさふさとした黒い尻尾をつけた大柄な男が、割烹着《かっぽうぎ》姿で忙しく動き回っていた。

「――――！」

パッと暖簾を放し、急いで首を引っ込めた雪弥は再び壁に背を貼りつかせる。

何だ、今のは――尻尾？

黒くて長い、ふさふさ尻尾がフリフリと動いていた。頭が混乱する。まだ夢でも見ているのだろうか。パンッと軽く頰を叩くと、それなりに痛かった。

目を擦って、動悸の激しい胸に落ち着けと言い聞かせる。

見間違いだったらいい。むしろそうであってくれ――雪弥は心の中で必死に願い、ドキドキしながら再びそっと暖簾を掻き分けた。

目に飛び込んできたのは、男の尻で機嫌よく左右に揺れている黒い尻尾。

雪弥は目と口をぽかんと開けて、茫然《ぼうぜん》と立ち尽くす。お味噌汁のいい匂い。ジュウジュウとフライパンの音。シュタタタタンッ、とまな板の上で包丁が踊り、ふんわりとしたキャベツの千切りが積み上がってゆく。

「おっと、いい具合に半熟だ」

尻尾を振りながら、不審者がコンロの火を止めてフライパンの中身を皿に移す。熱々の目玉焼きにキャベツの千切りを添えて。ちょうどそのタイミングで炊飯器が炊き上がりの合図を鳴らした。

「ごはんも炊けたし、あとは味噌汁をよそうだけだな。よし、そろそろ起こしに……」

不審者が振り返る。

バチッと目が合った。

びくっと身震いした雪弥の喉元から、思わず「ひっ」と引き攣《つ》った声が漏れる。

男もびっくりしたようだった。

やはり見たことのない顔だ。無造作に鋏《はさみ》を入れたような不揃いの髪は烏《からす》の濡れ羽色。真っ黒な瞳は見つめるだけで吸い込まれてしまいそうなほど引力がある。鋭角的な顎《あご》のラインと適度に張り出した頬骨が男らしく、野性味の強い整った顔立ちをしている。年は雪弥よりも四つか五つは上だろうか。見覚えのない割烹着は私物なのだろうが、長身に見合うしっかりとした骨格の体躯《たいく》にはどうにもチグハグ感が否めない。よく見ると、割烹着の下は藍染《あいぞ》めの和装だ。

それだけでも十分に違和感がある。更に雪弥を唖然《あぜん》とさせたのは、尻の付属品の他に頭にまで三角形の耳をくっつけていたことだ。

三十前後の男が一体何のコスプレだろうか。しかも朝から人の家の台所に忍び込んで。あまりにも常識の範囲を超えていて、一瞬思考が凍結してしまう。

呆気にとられていると、男がにっこりと笑って言った。

「何だ、雪弥。起きていたのか」

思わず面食らう。何ら悪びれた様子のない恐ろしいほど自然で屈託のない笑顔に、かえってこちらが恐縮してしまいそうになる。混乱した。

「……え？　だ、誰？　何で、俺の名前……」

朝目覚めたら、まったく知らない男が家の中に上がり込んでいる時点ですでに事件だ。更に相手に名前まで知られているとなると、ただの窃盗犯ではない可能性が高まる。

雪弥はごくりと喉を鳴らして、割烹着姿の男を睨《ね》めつけた。向こうには調理器具という武器がある。一方、こちらは寝起きの丸腰だ。身長百七十センチで痩せ型の雪弥では、変な耳と尻尾をつけてはいるものの縦も横も厚みも理想的なモデル体形の相手とは、体格差からして不利。玄関まで走れば高校球児だった父の金属バットがあるが、それを振り回す事態にまで発展しないでくれと心の中で神様に祈る。

内心の動揺につけこまれないよう気を張って、低い声で訊《たず》ねた。

「どうやって、この家に入ったんだよ」

鍵はきちんと閉めたはずだ。何より、外にはこの神社の番人がいるのだ。昨夜は早々に寝てしまったようだが、不審者が彼の目を掻い潜《くぐ》ってそう簡単に忍び込める場所ではない。

「何を言っているんだ」

だが、男は不思議そうに答えた。

「お前が俺をこの家に入れてくれたんじゃないか」

「は？」

「だから、雪弥が俺をここまで連れてきたんだ。俺も途中から寝てしまって幾らか記憶が欠けているが、お前に名前を呼んでもらったことは覚えている。お前が俺のことを思い出してくれたおかげで、俺はこうやって元の姿に戻れるまで力が回復したんだぞ」

雪弥は完全に混乱していた。

俺がこの男を家に連れ込んだ？　俺がこの男の名を呼んだ？　一体何をわけのわからないことを言い出すのだろう。恰好もアレだが、頭の中身も相当な不思議の国が広がっている。大体、思い出すも何も、今日初めて会ったばかりの不審者の名前なんて知るわけがない。

「雪弥、どうした。ぽかんとした顔をして」

ハッと我に返ると、いつの間にか男が目の前に立っていた。

「ちょっ、な、何で近づいてくるんだよ。ていうか、本当に、誰？」

びくっとして、反射的に一歩飛び退《の》くと、男が怪訝そうに首を捻《ひね》る。そして、ポンッと拳《こぶし》で手のひらを打った。

「ああ、そうか。この姿で会うのは初めてか。ほら、これを見てみろ」

男がおもむろに自分の前髪を掻き上げた。秀でた額が露《あら》わになる。

額の真ん中に白く盛り上がった三日月形の古傷——雪弥は、ゆるゆると目を見開いた。

「……その傷……え？　じゃあ、アイツは……っ」

すぐさま思い当たったのは、昨日ボストンバッグの中に詰めて連れ帰ってしまったあの小犬だ。まさかと思いながら雪弥は急いで居間に駆け戻った。

座卓の横、座布団の上にはタオルケットが巨大な大福のように丸めて掛けてある。上掛けにもぐりこんで頭は見えないが、ここには例の黒犬が眠っているはずだ。

雪弥は一気にタオルケットを剝《は》ぎ取った。

「――いない！」

こんもりと膨らんだタオルケットの下は、もぬけの殻だった。

「誰を探しているんだ？　俺ならさっきからここにいるぞ」

ふいに声が聞こえて、男が雪弥の背後からぬっと顔を差し出してくる。

「うわっ」

びっくりして思いきり首を引いた雪弥は、踏みつけたタオルケットに足を取られて大きく仰《の》け反《ぞ》った。倒れる寸前で、「危ない！」と、手を差し伸べてくれたのは彼だ。強い力に背中を抱き寄せられる。

「大丈夫か、雪弥」

「……あ、う、うん」

「気をつけろ。机の角に頭を打ちつけたらどうするんだ。何年か前に、村の外れに住んでいたじいさんが、打ち所が悪くて死んでしまったんだぞ。人間の体は脆《もろ》いからな」

神妙な面持《おもも》ちで独りごちる彼の背中では、黒いふさふさの尻尾が左右に揺れていた。どう見ても意思を持って動いているそれは、とても作り物とは思えない。

「その尻尾……」雪弥は怖々《こわごわ》と訊ねる。「本物なのか？」

「これか？　もちろん本物に決まっているだろ。お前にはこっちの姿の方が馴染《なじ》みがあるかもしれないいな」

そう言ったかと思うと、いきなりポンッと男の姿が掻き消えた。

え？　雪弥は目をぱちくりとさせる。『おい、どこを見ている。こっちだ、雪弥』と、声が聞こえてきたのはその時だった。

ハッと目線を下げると、そこには真っ黒な大型犬がいたのだ。尖った鼻先をツンとこちらに向けて、丸い目でじっと雪弥を見上げてくる。額には、見覚えのある三日月傷。

八年前の記憶が脳裏を過ぎった。

「……もしかして、クロスケ？」

『お前がつけてくれたその名は嫌いじゃないが、少々間抜けに聞こえやしないか？　俺には一葉《いちよう》という名がある。今度からはそう呼んでくれ』

「うっ、い、犬が喋《しゃべ》った⁉」

驚いた雪弥が思わず声を裏返すと、クロスケは何を今更とでも言うように、ワフッと一吼えしてみせた。

『八年ぶりの再会だというのに、随分と失礼な挨拶だな。それに俺は犬ではない、これでも社《やしろ》を持つ神だぞ。山のふもとの一葉《ひとつは》神社に祀《まつ》られている狗神《いぬがみ》様だ』

「狗神……？」雪弥は目を瞠《みは》る。

「クロスケ、神様だったのか！」

彼が不満げに『一葉だ』と訂正した。雪弥は急いで畳に両膝をつき、彼と目線の高さを合わせる。手をついて、ぐっと身を乗り出した。いきなり間近で見つめ合い、興味津々の眼差しに驚いた長い鼻先がビクッと震える。

「それじゃあ、昨日のあの小犬もクロスケで、さっきのイヌ耳と尻尾のおかしな男の人もクロ……一葉ってことなのか？」

『どこもおかしいところはないはずだが、まあ、そういうことだ』

「そうか。あの山には、狗神様がいたのか……」

雪弥はほうと感嘆の息をついた。

一葉が丸い艶《つや》やかな黒目を僅《わず》かに細める。

『神と聞いて、信じるのか』

「え？」雪弥は一瞬、言葉を詰まらせた。

「あ——……いや。その、実は俺、そういう神様を他にも知っているから」

何を隠そう、ここ橡坂神社にも神様がいるのだ。正確には稲荷神の眷属《けんぞく》という立場になるのだが、長い間この神社を守ってくれている彼も、神職につく雪弥たちからすれば神同然のお狐《きつね》様だった。

不思議なことに雪弥は生まれた時から、その神様の姿が見えていた。

両親や祖父母にも見えない姿が、なぜか雪弥にだけ見えたのだ。今は亡き祖父の話では、どうやら曽祖父が見える人だったらしい。曽孫《ひまご》の雪弥がその血を継いだのだろう。

橡坂神社のお狐様は、立派な白い三角耳とふさふさの箒《ほうき》尻尾を持つ神様だ。見た目は一葉のような青年の姿をしていて、白装束を身に纏っている。その外見は、雪弥が初めて彼と出会った時からずっと変わらない。

神様は、場合によっては人間の目に映る姿に実体化させることも可能だという。しかし、彼はあまりそれを好まなかった。今も雪弥だけに見える姿でこの境内のどこかにいるはずだ。だから、狗神様と聞いてまず雪弥が何を思ったかといえば、お会いできて嬉しい——だったのである。

『まあ、お前は普通の人間とは少々違っていたからな』

一葉がふむと頷いた。実は八年前に一度だけ、彼は普通の人間には見えない姿で雪弥の前に現れたことがあったのだそうだ。その時も雪弥は相変わらず一葉の傍に寄ってきて、黒い獣毛を撫でていたという。

「そうだったのか。全然気がつかなかった」

『お前のじいさんから神社の息子だと聞いて、納得した。昔から、神職に携わる者の中にはそういう人間が稀《まれ》に現れるんだ』

「一葉、じいちゃんと知り合いだったのか」

『まあな』一葉が静かに頷いた。『お前と会ってから、俺は人間の生活に興味を持って、人に化けては村人に紛れ込んでいたんだ。特に、じいさんのところにはよく行った。茶を飲みながら、楽しそうにお前の話をしていたぞ。随分と世話になった。じいさんを助けてやれなくて済まなかったな。俺がもう少し早く見つけていれば、助かったかもしれない』

雪弥は目を丸くして、悔やむ一葉を見つめた。そういえばと思い出す。畑で倒れている祖父を最初に発見したのは、偶然近くを通りかかった青年だったと聞いた。彼が近所の村人に知らせて、騒ぎを聞きつけた人が救急車を呼んだのだ。その青年が一葉だったのか。

『俺が見つけた時にはもう手遅れでな。さすがに事切れた人間相手では、俺の力をいくら注ぎ込んだところでどうにもならなかった』

一葉が自分の前肢をじっと眺める。

『社があるといっても、もう誰もあんな山の中の社までわざわざやってくる者はいない。時代が移り変わると共に人間の信仰心も薄れてしまい、今ではこの体はヒトガタを保つにも時間が限られてしまうほどの体《てい》たらくぶりだ。その上、少々力を使いすぎて、戻れなくなってしまってな。こっちの姿で檻に囚《とら》われた時は、これで最期を迎えるのかと我ながら焦ったぞ』

ポンッと再び彼の姿が掻き消えて、今度はちまっとした小犬の姿に変化した。ボストンバッグの中で眠りこけていたのがまさか神様だったとは、想像できるはずもなかった。

「子タヌキを助けたのは一葉だったんだな」

雪弥が手を差し出すと、一葉が指先に鼻を擦りつけてクンクンと匂いを嗅いできた。こんな仕草をされると本当に犬にしか見えない。愛らしい小さな背中を撫でてやる。

「じいちゃんのことも、ありがとう。一葉が見つけてくれなかったら、きっともっと発見が遅くなっていたと思う。暑い中、長い時間、畑で倒れたままなんて嫌だからな。一葉がいてくれて助かったよ」

小犬を抱き上げた。ふわふわとした柔らかい獣毛が気持ちいい。チビ一葉はおとなしく雪弥の腕に抱かれながら、じっと丸い目で見上げてくる。フサフサとした尻尾が戸惑うように揺れて、雪弥の頬をくすぐった。

「ごめんな。神様を勝手にこんなところまで連れてきてしまって。まさか、鞄の中に潜り込んでるとは思わなくてさ。父さんが帰ってきたら、もう一度、俺が送っていくよ」

『いや、その必要はない』

小さくなると、必然的に声もかわいらしくなるらしい。一葉がツンと尖った鼻先を雪弥に向けて、言った。

『俺はお前とつがいになりにきたんだ』

「ん？」雪弥は首を傾げる。変なふうに聞き間違えたようだ。「ごめん。ちょっと、よく聞き取れなかった。急に声が高くなったからかな……」

その時、ポンッといきなり腕の中から小犬が姿を消した。と思った直後、さっと頭上に影が差し、突然ヒトガタに変化した一葉が雪弥に覆い被《かぶ》さってきたのだ。

「え？　うわっ！」

視界が反転し、上から一葉が覗き込んでくる。いつの間にか割烹着は消えていた。藍染めの着物から覗く胸板の盛り上がりが逞《たくま》しく、同じ男としてコンプレックスを大いに刺激される。対して、Tシャツの下の貧相な自分の体。軽く落ち込んでいると、雪弥の顔の両脇に手をついた一葉が、低いがよく通る声でとんでもないことを言ってのけた。

「いいか、よく聞け。俺は、お前とつがいになることに決めた」

「は？　ツガイ？」

雪弥はきょとんとして見上げる。一葉が何を言っているのか、まったく理解できない。

「お前もじいさんに話していたじゃないか。いずれは料理上手なかわいい伴侶《はんりょ》をもらって、かわいい子どもと一緒に幸せに暮らすのが夢だと。その夢を俺が叶《かな》えてやる」

「…………」

黒い三角耳とフサフサ尻尾が視界の端をちらつく。目の前の一葉の表情は、とても冗談を言っているような顔ではなかった。

「ちょっ」雪弥は焦った。「ちょっと、待ってよ。何だよ、伴侶って？　俺、そんなこと一言も話してない……」

「言ったぞ。確かに俺はこの耳で聞いた。八年前、お前はじいさんと縁側でスイカを食べながらそう話していたじゃないか」

「は、八年前？」

雪弥は記憶を懸命に手繰り寄せる。伴侶？　そんなことを言っただろうか。八年前——高校二年といえば、怪我をして物置小屋に蹲っていた一葉と出会ったのが、あの年の夏だった。田舎の長閑な風景が脳裏に蘇る。優しい祖父を相手にならう、当時高校生だった自分は恥ずかしげもなくそれらしき話をしたかもしれない。

男子校育ちなもので、女性に免疫がなく恋愛には奥手すぎるほどだったが、そんな雪弥にもいずれはあたたかい家庭を築きたいという夢くらいはあった。それは二十五になった今も変わっていない。だが、現実はいろいろと厳しいのだ。

「そっ、そんな昔のことは、覚えてない」

雪弥が慌てて首を左右に振ると、一葉はふっと目を細めてどこか寂しそうな顔をした。

「……そうだな。お前は俺との約束も忘れていたのだから」

「え？」

思わず訊《き》き返すと、一葉は気を取り直したように「とにかく」と、言った。

「お前には八年前と昨日、二度も救われた。特に昨日は、力も限界まで衰えて、いつこの姿が消えてもおかしくない状態にまで追い込まれていたんだ。俺たちのような存在は、人に忘れられてしまったら、それで終わりだ。ところがお前が思い出してくれたおかげで、俺は消えずに済んだというわけだ。これは恩返しだ。お前の望み通り、俺がつがいになってやる」

「ちょ、ちょっと待ってよ！　つがいって、夫婦ってことだよな？」

「そうだぞ。俺と雪弥は夫婦だ」

　頭上で一葉が大きく頷く。

　雪弥は肘《ひじ》と踵《かかと》を駆使して畳の上をずり上がり、どうにか彼の下から這い出すと「イヤイヤ」と、必死に首を振った。「俺の夢はかわいい奥さんをもらうことなんだから、一葉じゃ無理だよ」

「――何だと？」

「それに、神様に恩返しなんてさせられないからさ。そんな、気を使ってもらわなくても大丈夫……うわっ」

　素早く腰を上げようとした途端、一葉に足首を掴《つか》まれて派手に尻餅をついてしまった。逃げようとしたのに、すぐさま再び圧し掛かられてしまう。

「どうして無理なんだ。俺はお前のために、人に化けては村人の家を訪ねて、人間の飯作りを習ってきたんだぞ。そうだ、ちょうど朝飯ができたところだった。腹が減っているとまともに頭が働かないものだ。食いながら話を……」

　ふいに言葉を切って、一葉がくんくんと鼻をひくつかせた。すっと筋の通った形のいいそれを、組み敷いた雪弥の首筋に押しつけてくる。

「な、何……？」

「雪弥はいい匂いがするな。この匂いを嗅いでいると安心する」

くんくんと獣のように人間の鼻を動かせて、Tシャツの襟刳《えりぐ》りから覗く鎖骨の窪《くぼ》みの匂いまで嗅ぎだした。生温かい鼻息が肌をくすぐる。

「い、一葉、くすぐったいって。あ……ちょ、ちょっと」

いきなり、ぺろりとそこを舐《な》められた。反射的にびくっと体を竦《すく》ませるが、一葉は更に舌を突き出して、ぺろぺろと鎖骨を舐め始める。整った顔立ちはなかなか見かけないくらいの美貌《びぼう》なのに、やっていることは近所の飼い犬と変わりない。彼の背中では黒い尻尾がわふわふと嬉しそうに揺れている。

そうこうしているうちに、熱い舌が顎に這い上がってきた。このままだと唇まで舐められてしまう。

「い、一葉、待って……っ」

完全に犬の姿ならまだしも、人の唇がくっつくのは抵抗があった。雪弥は恥ずかしながら、この年でいまだ交際経験がない。当然、キスも未経験だ。

そんな事情を知らない一葉は、尻尾を振りながらぺろぺろと雪弥を舐め続けている。もはや人として接すればいいのか、犬として接すればいいのかわからない。一葉の動きは一向に止まる気配がなく、彼は雪弥の髭《ひげ》の薄い顎を丁寧に舐めた後、とうとう唇にまで舌を伸ばしてきた。ぺろりと掬《すく》い上げられるようにして、下唇が濡れる。

「んっ、やめっ、そこはダメだって——」

「どうした、雪弥！」

スパンッといきなり縁側の障子が開いたのは、その時だ。

第三者の介入に、二人は一瞬固まった。雪弥は一葉に組み敷かれたまま、思い切り首を反らしてそちらを見る。

白装束を身に纏った銀髪の男が、敷居の上で両手足を広げ、大の字になって立っていた。

白い三角耳に箒尻尾。橡坂神社の守り神――お狐様の紫紺丸《しこんまる》だ。

「コン！」

雪弥は彼の名を呼んだ。紫水晶を思わせる綺麗《きれい》な目がゆるゆると見開く。一葉に圧し掛かられている雪弥の姿を認めた瞬間、紫紺丸の双眸《そうぼう》がくわっと吊り上がり、見る間に鬼の形相に変化した。

「――貴様」

ふっと紫紺丸の姿が視界から消えたかと思った次の瞬間、雪弥の上に跨《また》がっていた一葉が吹っ飛んだ。ドンッと物凄《ものすご》い音が鳴り響く。

雪弥は目をぱちくりとさせた。何が起きたのかまったくわからなかった。

気づけば、廊下に一葉が尻を上げた状態で仰向けに倒れていて、黒い尻尾がくったりと項《うな》垂《だ》れている。

「い、一葉！」

慌てて体を起こした雪弥より早く、紫紺丸が長い銀髪を振り乱して廊下に飛び出た。

「何者だ。雪弥に何をしていた。返答次第ではただではおかぬぞ」

「……痛《い》ってえな」

のっそりと起き上がった一葉が、不機嫌そうに後頭部をさすった。頭の上で黒い三角耳がひょこひょこと動いている。コンが凄んだ声で問いかけた。

「お前、人間ではないな。野蛮な獣め。

「ああ?」一葉が黒々とした目で睨み上げる。「その耳と尻尾……狐か。そういえば、ここは稲荷神の社だったな」

「質問に答えろ」

「狐が俺に命令するな。大体、俺は狐が大嫌いなんだ。この国は稲荷神が幅をきかせているせいで、狐の阿呆どもが偉そうにふんぞり返ってやがるのが気に入らない」

「誰が阿呆だ！　何者か知らんが、どうやらまだ痛いめに遭いたいらしいな」

「何だよ、やるのか？　俺は昔、山を乗っ取ろうと現れた愚かな狐神を屈服させたことがあるんだぞ」

二人の間に火花が散る。

「ちょっと待って、二人ともストップストップ――わっ」

雪弥は慌てて二人の間に割って入ろうとしたが、勢い余って板敷きの廊下につるんと足を滑らせる。

「「雪弥！」」

　ぎょっとした二人が両脇から雪弥を支えた。

「大丈夫か、雪弥」

「まったく。お前は、いくつになってもそそっかしい」

「ごめん、二人とも。ありがとう。えっと、もう大丈夫だから、その……手を離してほしいんだけど」

　大柄な男たちに両側から腕を取られた恰好は、捕らわれた宇宙人状態だ。腰も支えられているため、爪先《つまさき》が宙に浮いてしまっていた。

「……おい、獣。手を離せ」

「そっちこそ離せよ。雪弥は俺とつがいになるんだ。狐はむこうに行ってろ」

「つがいだと？　何を馬鹿なことを言っている。見た目通りに頭が沸いているのか。これだから、どこのモノかもわからぬケダモノは」

「何だと、このツリ目！」

「ああもう、二人ともやめろって！」

　雪弥は言い合いを始める彼らから半ば強引に腕を振り払うと、自分の足で立った。二人が思わずといったふうに押し黙る。

「コンも一葉も大切な神様なんだから、ケンカしないで仲良くする！　わかったな」

仁王立ちでぴしゃりと言いつける。

彼らは揃《そろ》ってきょとんとし、目をパチパチと瞬かせた。そうして、無言のままどちらからともなく目を合わせた途端、フンッと互いにそっぽを向いた。


想定外の出来事により、朝の予定がめちゃくちゃになってしまった。

急いで社殿に向かい、御扉《みとびら》を開ける。父がいないので一人で朝拝を行った後、一度自宅に戻って母の霊璽《れいじ》に手を合わせ、それから朝食だ。

いつもは父と二人だが、今朝は異色の顔ぶれだ。テーブルには炊き立ての白飯と油揚げと豆腐のお味噌汁。半熟の目玉焼きに黄色いタクアンまでが、綺麗に皿に盛りつけて並べてあった。すべて一葉が準備した物である。

「紫紺丸は、うちの神様なんだ。もう五百年近くも橡坂神社を守ってくれている神様だよ」

三人で食卓を囲みながら、雪弥は初対面の二人の間に入って双方を紹介した。いつもは滅多に家の中まで入ってこないのに、珍しく紫紺丸までが席についている。

「コン、こっちは一葉。狗神様だ。亡くなった望月《もちづき》のじいちゃんが住んでいた家の裏山にお社があるんだって」

「狗神だと？」

上品に味噌汁を啜った紫紺丸が、ハンッと鼻を鳴らした。

「どこの神だか知らんが、他神の縄張りにのこのこと足を踏み入れるとは、とんだ常識知らずの野蛮神だな。社があるならさっさと山に帰れ。目障りだ」

一葉がボリッと買い置きのタクアンを齧《かじ》り、「ああ？」と対面を睨みつける。

「俺は帰らないぞ。どうせ帰ったところで、もうあそこに居場所はないんだ。ただでさえ人に忘れられてボロボロに朽《く》ちていたところに、先日の嵐で半壊してしまったからな」

「そうなのか？」

初耳の話に、雪弥は驚いた。

「ああ」と、神妙に頷いた一葉が、ふと閃《ひらめ》いたように言った。「そうだ。ちょうどいい機会だから、俺の社をここに移動させよう」

「馬鹿を言うな！」

すかさず紫紺丸が大声で叫ぶ。

「さっさと山へ帰れ、馬鹿イヌ。ここに留《とど》まることは許さんぞ」

「何でお前の許可を得なきゃいけないんだ、阿呆キツネ。俺は雪弥と一緒に暮らすと決めたんだ。なあ、雪弥」

「え？」雪弥は戸惑った。「まあ、うちとしては神様が二人もいてくれると縁起がいいし、嬉しいんだけど」

「そうだろう？　それに雪弥は俺の伴侶になるのだから、何の問題もない」

「それはまた別の話だよ。言っただろ、俺と一葉は夫婦にはなれないって」

「なぜだ？」

「なぜって……」

身を乗り出してくる一葉に圧倒されて、雪弥は口ごもる。男同士でつがいも何も、そもそも神様と結婚できるわけがないし——理由は多々あったが、一葉の本当の目的が何なのか、いまいちよくわからない。ようするに、帰る場所がないのでしばらく自分をここに置いてくれということだろうか。だとすれば、神様を追い出すわけにもいかないので、居てくれてもかまわないのだが。

「なぜなのか教えてやろうか」

その時、二人の会話を聞いていた紫紺丸が、フッと勝ち誇ったように笑って言った。

「雪弥にはすでに心を寄せる女がいるからだ。残念だったな、馬鹿イヌめ」

ええっ⁉　雪弥は思いきり反対側に首を捻って、紫紺丸を凝視した。焦って声が裏返る。

「ちょ、ちょっとコン！　何を勝手なことを言ってるんだよ！　俺は別に美月《みづき》さんのことは好きとかそういうんじゃ……っ」

「俺は和菓子屋の娘の名など出していないが？　顔が真っ赤だぞ」

「うっ」

返す言葉もなく、雪弥はカアッと熱く火照《ほて》った頬を手の甲で押さえた。

「女……」一葉が茫然と訊ねた。「雪弥は、その女を伴侶にするのか？」

「いや、だから今のはコンが勝手に言ったことで……」

「そうだ、雪弥はその女を好いているんだ。七つの頃からもうひたすら思い続けて、かれこれ十八年になるか。健気《けなげ》だろう？」

「コン！」

慌てて諌《いさ》めるも、彼は珍しく薄い唇を愉快げに歪《ゆが》めてクスクスと笑っている。一方、急におとなしくなった一葉は、箸を握り締めてブツブツと何かを呟いていた。

「いいか、馬鹿イヌ。雪弥は幼い頃から、かわいい嫁をもらってこの神社を継ぐのが夢なんだ。ゆくゆくはその女との間に子を設けることになるだろう。そうやってここを守っていくのがこいつの役目だ。お前の出る幕などない。さっさと諦めて山に帰るんだな」

「——いや、諦めるものか」

一葉が突然、雪弥の手を取った。

「お前のじいさんが、そろそろ孫も結婚を考える年頃だと言っていた。それを聞いて俺は決めたんだ。お前は、あの夏以降、俺の前に姿を見せることは一度もなかった。だがお前が会いに来ないのなら、こちらから会いに行けばいい。そのために、俺は婿修業に励んできた。

お前が料理上手なかわいい伴侶を欲しがっていると聞いたからだ。人間の女になど負けるものか。雪弥、俺は必ずお前を伴侶にしてみせるぞ」

声高らかにとんでもない宣言をする。鼻息荒く、ぎゅっと雪弥の手を握って叫んだ。

「雪弥、俺を選べ。俺はお前を必ず幸せにする！」

「……………え？」

雪弥は目をぱちくりとさせた。神様渾身《こんしん》の冗談は高度すぎて、どこをどう突っ込んでいいのかすらわからない。

代わりにバンッと箸をテーブルに叩きつけた紫紺丸が、「貴様に雪弥はやらんぞ、この駄犬が！」と、尻尾の毛を逆立てて見当違いの怒鳴り声を上げたのだった。

放っておくと取っ組み合いになりかねない神様二人だったが、雪弥もいつまでも彼らに構ってはいられない。仕事があるのだ。

今朝の珍事により時間が押してしまい、急いで後回しにしていた境内の残りの掃除に取り掛かる。

■3■

竹箒で参道を掃いていると、後ろをくっついてきた一葉が手を差し出してきた。

「俺にも箒をくれ」

「え、何をするんだ？」

忙しいので、できればおとなしくしていてくれると助かる。

紫紺丸は朝食後、しばらく一葉と言い合いをしていたが、いつの間にか姿を消していた。社殿の屋根の上が彼のお気に入りの場所なので、今はそこでのんびりと休憩中だろう。

一葉もゆっくりしていていいのだが、先ほどからずっと雪弥の周りをつきまとっていた。

堂に入った和装は相変わらずだが、割烹着は脱いで、耳と尻尾もきちんと隠している。以前から山と村を行き来していたそうだから、人間に化けるのは朝飯前だと言っていた。

——これでも、人前に姿を現す際は気をつけるようにしているんだ。昔から郷に入っては郷に従えと言うだろう？　雪弥と一緒に暮らすための練習も兼ねて、ヒトガタには随分と慣れたぞ。

そう本人が豪語していた通り、外見だけならば本当に人間と変わりない。むしろ手足が長く、羨《うらや》ましいほどに厚い胸板をした男らしい体軀に渋い藍染めの着流しを纏った姿は、この厳かな神社の風景にしっくりと馴染んでいた。毎朝参拝に訪れるおばあさんが、「あらまあ、新しい人が入ったのねえ」と、一葉にお辞儀していたくらいだ。

雪弥は、目の前に嬉々《きき》として差し出された大きな手のひらを見つめて、戸惑う。

あまりにも退屈すぎて、何か箒を使った新しい遊びでも思いついたのだろうか。せっかく集めた落ち葉やゴミにイタズラをされては困るのだけれど。

そう考えていると、一葉が怪訝そうに首を傾げた。

「何って、掃除をするに決まってるだろ。他に箒で何をするんだ」

「え！」雪弥は目を丸くした。「そんなこと、一葉はしなくてもいいよ」

「何でだよ。二人でやった方が早いだろ。箒はどこにあるんだ？」

なぜか鼻をヒクヒクと動かしてうろうろしだす一葉を、雪弥は慌てて追いかける。

「いいって、神様にそんなことはさせられないよ」

「神といっても、ここは俺の社じゃない。今の俺はただの居候《いそうろう》だ。変な気を使うな」

「でも……あっ、一葉、そっちは違う。箒は社務所の裏の倉庫にしまってあるんだ」

明後日《あさって》の方向へ歩き出す彼を呼び止めて、仕方なく社務所に戻る。

竹箒を渡すと、一葉は楽しげに掃除を始めてしまった。

紫紺丸の場合、日中はほとんど地上に降りてこない。社殿の上から、境内を見守ってくれているのだ。参拝者からすればそこに神様がいてくれるとご利益がありそうだし、雪弥たち神社側の者にとっても彼はそのままでいてくれる方がありがたい。

対して一葉は自らを居候と認めているので、さして抵抗もなく掃除に精を出している。

変な神様だ──雪弥はそんなふうに思いつつせっせと箒で掃いていると、向こうから一葉が近づいてきた。集めたゴミの前にしゃがんで、当たり前のように持っていた塵取《ちりと》りを置く。彼が掃除道具の正しい扱い方を知っていたことに驚いた。

「……一葉、こういう作業に慣れてるんだな」

「ん？　ああ、じいさんやばあさんの家を行き来していると、掃除を手伝わされることもあってな。あの村も高齢化が進んで、一人暮らしだと家の中のことに手がまわらないんだ」

「ああ、なるほど。もしかして、うちのじいちゃんの家も掃除を手伝ってくれたのか？」

「そうだな。そういうこともあったかもしれない。何せ、あの家に行くと雪弥の話がたくさん聞けたからな」

「俺の？」

「ああ、写真もたくさん見せてもらったぞ。じいさんは菓子の空き缶の中にお前の写真を大切にしまっていたんだ。小さい雪弥がいっぱいいて、どれもこれもかわいかった。とくにスッポンポンで牛乳をだらだら垂らしながら飲んでいる写真はよかった。俺のお気に入りだ」

「え！　そんな写真があったのか……」

まったく記憶にない雪弥は羞恥《しゅうち》に頬を熱くした。一葉がニヤニヤと思い出し笑いなんてものをしてみせるので、ますます恥ずかしくなる。

その一方で、一葉が生前の祖父と思った以上に交流を深めていたことを知り、どこか複雑な思いが込み上げてきた。

一人暮らしの祖父は、いつもどこからかひょっこりやってくる一葉を喜んで迎えていたのだろうなと思った。話し相手ができて嬉しかったに違いない。雪弥も幼い頃によく座っておやつを食べた、祖父の家の縁側。目の前には山と畑と空が広がっていた。あの場所に祖父と一葉が並んで座っている風景を想像して、何だか少し胸が熱くなった。

「雪弥は、そういう恰好もよく似合うな」

「え？」

ハッと我に返ると、しゃがんだ一葉がじっと見上げている。

「この恰好って、神職の？　そうかな。何だかまだ衣装に着られてるって感じだけど」

白衣《はくえ》に浅葱《あさぎ》の袴《はかま》を穿《は》いた自分を見下ろして、雪弥は首を捻った。奉職するようになって三年が経つが、まだまだ新米感が抜けない気がして恥ずかしい。

「雪弥は細身だからな。腰の辺りが特にいい」

「何だよ、単に貧弱だって言いたいのか」

ムッとすると、一葉が「怒った顔もかわいいな」と真顔で言ってくる。雪弥は反応に困った。生まれた時からずっと傍で見守ってくれている紫紺丸は、雪弥に対して少々過保護な面もあるが、一葉の愛情表現はそれとはまた違って一種独特のものだ。解釈が難しい。

彼は恩返しだと言っていた。だが、神様の考えることはよくわからない。鶴のように自分の羽を毟《むし》って機織《はたおり》をされても困るけれど、狗神様の肉体労働もどこまでお願いしていいのか判断に迷う。

塵取りに掃き溜《た》めたゴミをおさめていると、一葉がなぜか嬉しそうに笑って言った。

「これが俺と雪弥の初めての共同作業だな」

「……どこでそんな文句を覚えたんだよ」

妙に人間臭いことを言い出すので、思わず雪弥は呆《あき》れてしまった。

社務所に戻り、諸々の準備をしていると、ちらほらと参拝者が見え始める。

女子大学生風の二人組がかわいらしい御朱印《ごしゅいん》帳を持ってやって来た。最近は若い女性を中心に御朱印を集めて回る人たちが増えているのだ。雪弥が押印していると、一人が「キャッ」と声を上げた。

「どうかされましたか」

雪弥は何かあったのかと慌てて窓から身を乗り出す。すると、彼女たちの足元で左右に揺れる黒い尻尾が見えた。ぎょっとする。さっきまで人間の姿で手水舎《ちょうずや》の周りを物珍しそうに行ったり来たりしていたのに、いつの間に変化したのだろうか。

「いっ、一葉！」

思わず声を上げると、彼女たちも正体に気づいたようでホッとしたように笑い出した。

「何だ、びっくりしたー。犬だよ」

「このコ、イチヨウっていうんですか？　大きいですね。オスですか」

「え？」雪弥はあたふたとしながら頷いた。「ああ、はい。えっと……オ、オスです」

「じゃあ、イチヨウくんだ」

「ねえ、何か銜えてるよ」

それに気づいた女の子が、一葉の口元を指差した。「あれ？　これって、さっき手を清めた時にナツミが拭いてたハンカチじゃない？」

「え、ウソどれ？　あ！　本当だ、私のハンカチ」

「ナツミが落としたのを、拾って持ってきてくれたんだよ」

「えー、スゴイ！　イチヨウくん、どうもありがとう」

なんと、一葉は落とし物のハンカチを届けてくれたのだ。これには雪弥も驚いた。賢い犬に感激した彼女たちは、よしよしと黒い獣毛を撫で回している。

「やーん、カワイイ！　もふもふしてる」「このコ、ここの神社のワンちゃんですか？」

「えっと……そうですね」

「私たち、さっきそこのお寺に行ってきたんですよ。湧き水のところにある招き猫の像を撫でると金運が上がるっていう」

「このワンちゃんも、何かご利益があるんですか？」

女の子たちが期待を込めた眼差しを向けてくる。雪弥はいよいよ困って、「もしかしたら、あるかもしれません」と、曖昧に返した。笑顔が引き攣る。真に受けた彼女たちは楽しそうにはしゃいで、一葉の体を一層激しく撫で回す。しかし、二人が構い倒しているもふもふの正体は、何を隠そう本物の神様なのだから、雪弥だって嘘を教えたわけではない。

そうはいっても、一葉もさすがに鬱陶《うっとう》しくなったのだろう。素早く身をよじった彼は、彼女たちの間をすり抜けて逃げるようにタカタカと歩き出してしまった。

「ねえ、もしかしてついてこいって言ってるんじゃない？」「うん、きっとそうだよ」

都合よく解釈した二人が、先を行く一葉を追ってゆく。

一瞬、一葉がチラッと振り返った。

目が合い、雪弥は急いで顔の前で両手を合わせて頼む。――先導役をお願いします。一葉がふうと嘆息したように見えた。仕方ないとばかりに、彼女たちを率いて拝殿に向かう。

一匹の大きな黒犬が女の子たちを引き連れて参道を歩く様子は微笑《ほほえ》ましかった。何だか本当にご利益がありそうだ。他の参拝者たちもちらちらと注目し始めている。

「……イヤ、あれをご利益って言ってもいいのかな」

いつの間にか一葉の後ろに列ができ、賽銭箱《さいせんばこ》の前では人の目には映らない姿の紫紺丸が手招きをして待ち構えていた。

午後の業務が終わると、一日の平和と安寧に感謝しつつ社殿で夕拝を行う。

神前を整えて御扉を閉めたら、本日の仕事は終了だ。

雪弥は着替えた後、愛車の原付バイクに乗って自治会長の家に向かった。先ほど電話があって、今年の秋季例大祭に関する書類を渡したいと言われたのだ。

ちょうど出かける用事があったので、その途中に自治会長のお宅に寄り書類を受け取る。

それから近所のスーパーに向かった。

今夜には父が帰宅する予定だ。一葉のことをどう話そうかと考えながら、メモを眺めつつカートに食材を入れていく。この買い物リストも、実は一葉が作成したものだった。夕拝中に姿を消した彼は、家の冷蔵庫の中身をチェックして戻ってきたのである。

一葉にすっかり台所を占拠されてしまった。とはいえ、村の家々を渡り歩いて修業したとあって、彼の腕はなかなかのものだ。朝食も美味《うま》かったが、昼食の肉うどんも絶品だった。

オマケにいなり寿司までついてきて、あの紫紺丸がブツブツ言いながらも夢中で頬張《ほおば》っていたほどだ。料理上手な神様がいたものである。

料理が苦手な雪弥としては、食事を作ってもらえるだけでありがたい。しかもそれが美味《おい》しいとあっては、夕食も任せるのが当然だ。買い出し係くらい喜んで引き受ける。

九月中旬の今頃はまだ辺りも明るいが、秋分の日を過ぎれば徐々に日が短くなっていく。

神社の裏道に入り、車十台分の駐車場を横目に見ながら通り過ぎる。ここも森本家の土地で、数年前に整備して付近の人に貸し出すようにしたのだ。

坂道を上がったところに原付バイクを止めると、「雪弥くん！」と誰かに呼ばれた。

雪弥は振り返る。そして次の瞬間、脱いだヘルメットを危うく落としそうになった。

裏門から姿を現した女性がひらひらと手を振っている。

「みっ、美月さん！」

雪弥はピンと背筋を伸ばし、頬を熱くしながらあたふたと慌てた。にこにこと屈託のない笑みを浮かべた彼女が近づいてくる。急に心臓がドキドキと高鳴り始める。

絹井《きぬい》美月は、商店街にある老舗《しにせ》和菓子店【きぬい堂】の娘だ。雪弥より三つ年上の彼女は、昔から優しくて清楚《せいそ》で近所でも評判の美人だった。何を隠そう、雪弥の初恋の相手だ。そして、幼い頃から密かに育て続けた恋心は、いまだに現在進行形だったりする。

今日も綺麗だ——雪弥は杏色《あんずいろ》の夕陽に染まった彼女の顔をうっとりと眺めた。

「雪弥くん、お仕事の帰り……じゃないか。スーパーにお買い物?」

雪弥の手にぶら下がった白い買い物袋を見て、美月が訊いてきた。

「ああ、はい」雪弥は緊張気味に答える。「ちょっと、夕飯の買い物に」

「そっか。お祖父さんがお亡くなりになったのよね。おじさんはまだご実家にいらっしゃるんだっけ。大変だったたね」

この辺りの人たちはみんな古くからの付き合いなので、森本家の事情も本人たちが知らないところで広まっていたようだ。今日一日で、参拝にやってきた顔見知りの何人かに同じことを訊かれた。

雪弥は曖昧に頷いて、話題を彼女に振った。

「美月さんは、今日はお出かけだったんですか?」

店の手伝いをしている時の彼女は、パンツスタイルが多い。だが今日は、シャツに白のフレアスカートとネイビーのパンプスを合わせていた。全体的にふんわりとかわいらしいが大人っぽさもあって、すごくよく似合っている。

「うん」美月が一度頷いて、すぐに残念そうに笑って言った。「その予定だったんだけど、約束していた子にドタキャンされちゃって。せっかくだから昨日チェックしてた映画でも観ようかと思ったら、今日から上映時間が変わっててね。中途半端だったたから、やめて帰ってきちゃった。最近、何だかついてないんだよねえ。だから今、神様に拝んできたトコ」

「そうだったんですか。大丈夫ですよ。すぐにまた運気が廻《まわ》ってきますよ」

「だったらいいんだけどなあ」と、美月が笑う。

「そういえば。雪弥くん、犬を飼い始めたんだって？」

「え？」

「さっき駅前を歩いていたら、女の子たちがそんなようなことを話してたから。たぶん観光客だろうけど、橡坂神社にお参りに行ったら黒い犬がいて、境内を案内してくれたって」

「！」

雪弥はうっと言葉を詰まらせた。どう考えても、その黒い犬とは一葉のことだ。

「え、えっと、実はしばらく知り合いから預ることになって……」

咄嗟についた嘘に、美月が「そうなんだ？」と目を輝かせた。

「さっき境内を探しながら歩いてみたんだけど、もうおうちに帰っちゃったのか姿が見えなかったのよね。今度、私もワンちゃんに会わせてくれる？」

「あ、はっ、はい！　もちろん、喜んで」

「やった、楽しみにしてるわね」

嬉しそうに微笑む彼女の顔を見ただけで、雪弥は天にも昇る心地《ここち》だった。

坂を下りていく美月の後ろ姿が視界から消えるまで見送って、ようやく雪弥も歩き出す。

一日の終わりに彼女に会えるなんて、なんていい日だろう。しかも結構喋れた。

美月さん、やっぱり素敵だ——浮かれ気分で思わず鼻唄《はなうた》まで口ずさんでしまう。

「何をそんなにニヤニヤしているんだ？」

「——！」

いきなり声が聞こえてきて、驚いた雪弥はビクッと文字通り飛び上がった。

ハッと見ると、薄暗くなった境内に立っていたのは一葉だった。例の割烹着姿で不審げに雪弥を見つめている。

「わっ、びっくりした。な、何やってんだよ、そんな恰好で外を歩き回って」

「雪弥の気配がするのに、なかなか戻ってこないから、心配になって様子を見に来たんだ」

一葉の言葉に、雪弥は一瞬面食らってしまった。

「そっか。ごめん」

「何かあったのか？」

「いや。そこで知り合いに会ったから、少し話していたんだ。遅くなってごめん。ちゃんと頼まれた物は買ってきたから」

パンパンに膨れた買い物袋を見せると、一葉がひょいとそれを受け取った。

「買い忘れはないだろうな」

「大丈夫だよ。ちゃんとリストと照らし合わせて買ったんだから。一葉、俺のことをバカにしてるだろ。俺だって買い物ぐらいできるよ」

「だが、キツネが言ってたぞ。お前が初めて一人でおつかいに出かけた時は、頼んだ物とまったく違う物を買ってきたって」

「おつかいって、いくつの時の話だよ！　コンも、俺がいない間に何の話をしてるんだ」

失礼なことに袋の中身を確認していた一葉が、ふと顔を上げて雪弥を見つめてきた。

「少し妬《や》けるな」

「え？」

「俺は八年前の雪弥と今の雪弥しか知らない。あのキツネは、お前が生まれた当時からずっとお前のことを見てきたんだろう？　俺の知らない雪弥を自慢げに語るのは腹が立つ」

ブスッとむくれてみせた一葉に、雪弥は思わずプッと吹き出してしまった。

「何だよ、またコンとケンカしたんじゃないだろうな」

「……してない」

「今、変な間があったぞ。神様同士、仲良くしなよ。昼間はハーメルンの笛吹きみたいに参拝しに来た人たちを引き連れて、二人ともぴったり息が合ってたのに」

「キツネと息が合ったって楽しくも何ともないだろ。あんな陰険なツリ目より、俺は雪弥とぴったりしたい」

「は？」

ふいに立ち止まった一葉が、買い物袋を持っていない方の手でいきなり雪弥を抱き寄せてくる。ぎゅっと抱きしめられる。

突然のことに、雪弥は焦った。

「ちょ、ちょっと一葉……っ」

「やっぱり雪弥はいい匂いがするな」

首筋に鼻先を埋めてくんくんと嗅がれる。一葉のこの仕草はクセだろうか。懐いてくれるのは嬉しいけれど、体臭を嗅がれるのは抵抗がある。

「もう、やめろって。俺、一日働いた後で汗かいてるし。臭いよ」

「臭いわけないだろう。お前からは甘くていい匂いしかしない。俺の一番好きな匂いだ」

そんなふうに言って、一向に離してもらえない。一葉の腕の中で、雪弥はくすぐったいようなもぞもぞとした感覚に身を捩《よじ》らせた。彼の割烹着からは醤油《しょうゆ》と砂糖を煮詰めたどこか懐かしい匂いがする。台所で何を作っていたのだろう。

その時、カーンカンカンカンッと凄《すさ》まじい金属音が鳴り響いた。

「そこのエロイヌ、今すぐ雪弥から離れろ！」

「――――！」

咄嗟に雪弥は両手を突っ張って一葉から離れた。弾《はじ》かれたように振り返る。玄関から駆け出してきたのは、両手にお玉と鍋の蓋《ふた》を持ち、鬼の形相をした紫紺丸。白装束の裾をはためかせ、美しい銀髪を炎のようにめらめらと振り乱している。いつも超然としている彼にしてはなかなか見られない珍しい姿だ。呆気にとられる雪弥の隣で、一葉がチッと小さく舌打ちをする。「毎度毎度いいところを邪魔しやがって、口うるさい姑狐《しゅうとめぎつね》め」

「ほんの少し目を離した隙に、こんなところで雪弥に襲い掛かるとは。貴様の臓物を引っ張り出してぐらぐらに沸き立った鍋に沈めるぞ！」

「上等だ。だったらお前の臓物は、みじん切りにして寿司飯と混ぜてから油揚げにぎゅうぎゅう詰めにしてやろうか！」

ブワッと目には見えない黒と白の炎が噴き出して、敵対する二人がクワッと牙を剥く。

「ああもう、二人ともやめろよ。ケンカするなって言ってるだろ」

結局、雪弥が間に入って仲裁する羽目になるのだが、このパターンも朝から数えて五回を越えると、すでに慣れてきた。


血の気が少々多すぎる神様二人を宥《なだ》めて家に戻ると、食卓はすでに準備が整っていた。

「すごい、これ全部一葉が作ったの？」

雪弥は目を丸くする。卓上には大皿や小鉢に盛りつけられた料理が並び、どれもこれも美味しそうだ。

急に葬儀で出かけることになったため、冷蔵庫の中には食材が中途半端に残っていたが、あの余り物がここまで立派な料理に変化するとは驚きだった。紫紺丸を含め、さほど器用ともいえない男の三人暮らしなので、普段は出来合いの物をスーパーや商店街で買ってくることが多い。こんなに食卓が賑《にぎ》わっているのは本当に久しぶりだ。

また新たに作ったのか、大量のいなり寿司が並んでいる。

なぜか皿の一角がごっそりなくなっていることを不審に思い、雪弥は何とはなしにちらっと紫紺丸を見た。すると、座布団に座ってまだブツブツ文句を零《こぼ》していた彼の口周りが、テカテカと光っている。油にまみれて胡麻《ごま》とご飯粒つき。何だかんだと言いつつ、紫紺丸が一番、一葉に胃袋を摑まれているところがおかしかった。

「待たせたな。冷奴《ひややっこ》はやっぱり薬味がないと美味くない」

一葉が盆を運んできた。買ってきたばかりの茗荷《みょうが》とネギとショウガが、ぷるんとした四角い豆腐の上にたっぷりとのっている。すっかり見慣れた割烹着姿で味噌汁とごはんを手早くよそう一葉は、本物の人間より人間らしかった。

「さあ雪弥、召し上がれ」

「それじゃあ、いただきます」

手を合わせて箸を取る。主菜の大根と手羽先の甘辛煮を一口頬張り、大根からジュワッと旨味《うまみ》が染み出てきた途端、思わず動きが止まってしまった。

「雪弥？」一葉が不安そうに身を乗り出して訊いてくる。「どうした、まずかったか？」

雪弥は慌てて首を横に振った。

「いや、美味いよ。これ、すごく美味しい！」

「本当か！」

一葉の顔がぱあっと輝く。

「すごいよ、一葉。こんなの作れるなんて、料理人になれるんじゃないか」

「いや、俺がなりたいのは料理人じゃない。雪弥、俺の料理の腕は合格か？　つがいになってくれるか」

「えっと、料理はすごく美味しいよ。でもつがいとか、そっちの話はホラ、また別だから」

「……そうか。まだ駄目か」

しゅんと一葉が項垂れた。今は人間の姿なのに、見えない耳と尻尾までがぱたりと落ち込んでいるように思えて、雪弥は慌てる。冗談交じりに返したつもりだけれど、言い方がきつかっただろうか。

「あ、でも、ここまで作れるのってすごいことだよ。ほら、コンなんて、さっきからずっといなり寿司の皿を抱えて貪《むさぼ》ってるし。もう、独り占めするなよ。俺だって食べたいんだからな。いつもは俺や父さんの作ったごはんなんか見向きもしないくせに」

「まあ、雪弥の作ったメシよりはマシだな」

紫紺丸がいなり寿司をぺろりと一口で食べて、言った。

「こいつのメシは、はっきり言ってマズイ」

「うっ。はっきり言い過ぎだよ、コン」

確かに台所に立つのはいいが、毎度毎度、我ながらどう高く見積もってもとても美味しいとは言えない類《たぐい》の物体が出来上がる。

家事の中でも料理に関して言えば、父の方が技術は上だ。それは重々自覚している。しかし、父が忙しければ必然的に雪弥が食事を作らなければいけない。そういう時は仕方がないので、出来合いの総菜や冷凍食品にお世話になっていた。

話を聞いていた一葉が、興味津々の顔で訊いてきた。

「雪弥は料理が苦手なのか」

「んー……まあ。包丁の扱いが苦手っていうのもあるんだけど。でも、味付けも自信ない」

「だが、こいつの作った菓子はまあまあだ」

「菓子だと？　雪弥は菓子が作れるのか！」

「んー、趣味の範囲だけどね。母さんがそういうの好きな人だったから。神社なのに、いつも甘い匂いがしてたんだよ」

「千雪《ちゆき》の作るものは何でも美味かったからな」紫紺丸が懐かしげに目を細めた。「せめて、息子のお前もいなり寿司の作り方くらいは受け継げばよかったものを」

「仕方ないだろ。俺だって何回か作ってみたけど、いつもベチャッてなるんだよ」

「そういう時こそ、役割分担だ。雪弥！」

いきなり一葉が叫んだ。

「俺がメシを作り、雪弥は菓子を作る。俺は雪弥の作った菓子を食ってみたい。きっと美味いに違いない。その代わり、食事は俺に任せろ。どうだ、俺たちはやはりうまくできている」

ズリッと尻の座布団を引きずって、雪弥の方へ身を寄せてくる。

「雪弥、安心しろ。俺がずっとお前に美味いメシを食わせてやる。だから雪弥は俺に菓子を食わせてくれ。よし、そうと決まったら今すぐ俺とつがいになろう……痛テててッ」

急に痛がるので何事かと思えば、一葉の手の甲に尖った箸の先端が押しつけられていた。案の定、紫紺丸の仕業だ。握り締めた箸をぐりぐりとひねりながら、長い髪の隙間から不穏に目を光らせる。

「料理というのは、見た目も重要だと知らないのか？　馬鹿イヌ」

「ああ？」と一葉が、小さな穴が二つ開いた手にふーふーと息を吹きかけながら、紫紺丸を睨みつけた。

「見てみろ、茶色、茶色、茶色。お前の作るメシは茶一色だ。若者の食卓がこんなに地味では、雪弥の食欲はちっとも湧かぬわ」

「そ、そうか？」一葉が戸惑うように首を傾げる。「しかし、人間の食事とはこういうものだろう？」

「お前が今まで見てきたのは、じいさんばあさんの食事風景だ。雪弥の好みとはまったく違う。そんなことで俺に任せろとはよく言えたものだなあ。お前に雪弥は絶対にやらん」

「ちょっと、コン！」

慌てて雪弥も二人の会話に割って入る。

「もう、いつもはあんな意地悪な言い方はしないんだけど。一葉、気にしなくていいから。俺は和食も好きだし、健康にもいいんだぞ」

「そういえば、雪弥はグラタンが好物だったな。千雪がよく作っていた」

また紫紺丸が余計な口出しをする。一葉がきょとんとした。

「ぐらたん？　何だそれは」

「馬鹿イヌ、グラタンも知らんのか。笑止！」

ケタケタと笑ってバカにされた一葉が、ムッとしながら雪弥に問いかけてきた。

「雪弥、ぐらたんって何だ？　食い物なのか」

「ええっと、マカロニとかの具の上にホワイトソースをかけて、チーズをのせて焼いた料理なんだけど」

「ま、まか……？　ほわ……ちいず？　な、何だ、それは何かの呪文か？」

「いや、そうじゃなくて。一葉、ちょっと落ち着こう。コン、笑うなよ」

耳慣れない横文字の羅列に完全に目を回してしまった一葉を、雪弥はあたふたしながら必死に励ます。紫紺丸は腹を抱えて笑っていた。

「ただいま」と、父が帰宅したのはその時だ。

「雪弥、誰か来ているのか？　随分と賑やかだな……」

廊下からひょこっと顔を覗かせた父が、次の瞬間、びくっと背筋を伸ばした。

「し、紫紺丸様！　いらしていたのですか。どうもご無沙汰しております」

慌ててその場に正座をした父が、深々と紫紺丸に向けて頭を下げる。

雪弥にとっては生まれた時から日常的に見えているお狐様だが、父の前には滅多にその姿を現さない。今日は父にも見えるよう実体化しているのだと、雪弥も今初めて知った。彼がこの家にいること自体が珍しく、父は神社の守り神を前にして恐縮しきっていた。

一方、つい先ほどまで笑い転げていた紫紺丸は、いつもの飄々《ひょうひょう》とした態度で言った。

「邪魔している。長旅ご苦労だったな」

「いえ、とんでもありません。しばらく留守にして申し訳ありませんでした」

「今日一日、雪弥が立派に勤めを果たしてくれた。博嗣《ひろつぐ》も早く着替えてこい。食事だ」

「はい」と、腰を上げた父が、食卓を眺めて眼鏡《めがね》越しに目をぱちくりとさせた。

「父さん、おかえり」

「ああ、ただいま。これ全部、雪弥が作ったのか？」

驚いたように訊かれる。雪弥は苦笑しながら、「まさか」と首を横に振った。

「これは、あの人が作ってくれたんだ」

視線で示した先、部屋の隅では背を向けた一葉がまだ放心状態に陥っていた。

　父は、そこで初めて彼の存在に気づいたらしく、「びっくりした。あんなところに人がいたのか」と、目を瞬かせる。

「一葉っていうんだ。えっと、実は彼もコンと同じ神様なんだよ」

紫紺丸が「一緒にするな」と不満そうに口を挟んだ。

「え？」父がぎょっとした。「か、神様って、どういうことなんだ？」

「じいちゃんの家の裏に山があっただろ。あそこに『一葉神社』っていう社があって、そこに祀られていた神様なんだよ。何でだか、俺にくっついてきちゃって」

「山？　ヒトツハ神社？　そんなお社があったかな……」

「俺は、お前の顔をよく覚えているぞ」

その時、一葉がゆっくりと振り返り、父を見やった。

「名は博嗣だったか。お前がまだガキの頃、山でよく遊んでいたのは覚えているな？　ある日、仲間たちと木登りの速さを競い合っていたお前は、一番をとって調子に乗ったのか枝の上に立ち上がり、足を滑らせて落ちたんだ。その時のことを忘れたとは言わせないぞ。社の屋根に大きな穴を開けたクソガキめ」

一瞬の間をあけて、父が「ああっ！」と声を上げた。

「お前たちが黙って逃げたおかげで、社は修理もされないまま放置された。そのうち管理していた村の役人も代替わりして、次第に社の存在など忘れ去られてしまったんだ。お前のせいで穴からは雨風が吹き込み、俺の棲《す》み処《か》は朽ちてゆく一方だったのだぞ。それがまさか、今は立派に神職についているというのだから驚きだ。なあ、博嗣？」

最後はわざと声音を落として、一葉がニヤッと口の端を引き上げてみせる。何か企《たくら》んでいるような、今まで見たことのない類の顔だ。

「……え。父さん、そんなことしたの？」

初耳の話に驚いた雪弥が隣を見ると、すっかり青褪《あおざ》めた父は尋常でないほど冷や汗をダラダラと掻いていた。どうやら本当らしい。

ニヤニヤと人の悪い表情を浮かべていた一葉が、ふいに笑みを引っ込めた。

「まあ、昔はそんなこともあったという思い出話だ。水に流してやってもいい」

「ほっ」父が俯《うつむ》いていた顔を撥ね上げた。「本当ですか、一葉様！」

一葉が「ああ」と、偉そうに頷く。

「お前は雪弥の父親だからな。じいさんに雪弥の写真を見せてもらったが、、古い写真に写っていたお前を見つけた時は驚いたぞ。おかげでいろいろと思い出した。それはもういろいろとなあ。ちょっと脅してやったら寝小便を垂れたこともあったか……」

「どどど、どうかその辺でご勘弁を！　本当に申し訳ございませんでした！」

「冗談だ、もういい。雪弥とつがいになる俺としては、お前との過去の因縁をいつまでも抱えているわけにはいかないからな」

「は？　ツガイ……？」

「わあっ！」と、半ば反射的に二人の間に割って入ったのは雪弥だった。

一葉の冗談も、今の父では本気にとりかねない。過去のお詫《わ》びにと、雪弥に熨斗《のし》をつけて献上してしまいそうだ。

「な、何だいきなり。急に大声を出すとびっくりするだろう」

「あ、ごめん。それより父さん、早く着替えなよ。せっかくの料理が冷めちゃうから」

「ああ、そうだな」

チラ、チラと部屋の端を気にする父に、一葉が「行け」と手を振って追い払う。紫紺丸は二人のやりとりにはまったく関心がないのか、気づくと皿の上のいなり寿司が半分にまで減っていた。

一礼をして廊下に出た父が、慌てて雪弥の腕を引き寄せてこそこそと耳打ちしてきた。

「一葉様は、一体ここに何をしにいらしたんだ？　まさか、父さんに罰を与えるために待っていたんじゃ……」

「違うよ」雪弥はプッと吹き出して、首を横に振った。「俺が知らないまま連れてきちゃったんだ。家に帰って鞄を開けたら、中で小さな犬が寝ててさ。それが一葉だったんだよ。山にいても、この前の嵐でお社が崩れちゃったみたいで、居場所がないからって」

　父がざっと青褪める。

「あ、でも父さんを恨んでるとか、そういうのじゃないよ？　もう随分古くなってたんだって。それで、しばらくここに置いてあげてもいいかな。ああ見えて、すごく料理が上手なんだよ。今日だって、いろいろと神社の仕事も手伝ってくれてさ」

「父さんは構わないが……その、紫紺丸様はどうなんだ？　紫紺丸様の承諾を得ないとまずいんじゃないか？　二人の相性はどうなんだろう。喧嘩《けんか》とかしないかな」

「あー、うーん。ケンカかあ……」

　雪弥は思わず居間を振り返った。そういえば、部屋に二人きりで残してきたが大丈夫だろうか――そう考えた時、ぼそぼそと会話が聞こえてくる。

「おい、キツネ。博嗣が土産に買ってきたこれは何だ？」

「そいつはプリンだな」

「ぷり…ん？　またおかしな名だな。食い物か」

「気をつけろよ、馬鹿イヌ。急に蓋を開けると、その黄色い奴は飛び出してくるからな。暴れて咬《か》みつかれても知らないぞ」

「なっ、この中身は生きているのか⁉」

　彼らは大変楽しそうだった。

「あの二人なら大丈夫だよ」

雪弥は一葉に申し訳なく思いながらも、必死に笑いを堪《こら》える。怯える一葉を前にして、紫紺丸がゲラゲラと笑い転げる様子が目に浮かぶ。何だか学生時代の友人たちとのやりとりを思い出して、懐かしい。お互い文句を言いつつも、基本的には馬が合っているのだろう。

何と言っても、彼らと一緒にいると雪弥が楽しいのだ。

「それに、神様が二人だと、ご利益も二倍になりそうじゃない？」

呑気に言うと、父が「そういうものなのか？」と、首を捻った。

賑やかな食事を終え、明日も早いのでそれぞれが寝所に戻って眠りにつく。

妙な圧迫感を覚えて、雪弥は夜中に目を覚ました。

「……やけにもこもこしてると思ったら、いつの間に」

眠たい目を擦って、雪弥は小さくため息をつく。

「まったく、本当に仲がいいんだから」

微笑ましい様子に、つい笑ってしまった。

狭い布団の中、雪弥を間に挟むようにして黒犬と白狐が揃ってクカーッと、気持ちよさそうに寝息を立てていた。

4

一葉はウキウキと浮かれた足取りで橡坂神社の石階段を上っていた。

日は西に傾き、長い影が斜めに段々になって伸びている。

振り返って、眼下に広がる景色を眺める。様々な物質や匂いの入り混じった空気はお世辞にも美味いとは言えないが、茜色《あかねいろ》に沈む夕焼けの町並みは美しかった。

雪弥が暮らすこの町は、一葉が以前からちょくちょく人間に混じって出入りをしていた山間の村とはまったく異なっていた。

まず、風景が違う。

山もなければ田畑もなく、狭い周囲には見たこともないような材質で作られた民家がひしめき合うようにして建ち並んでいた。村でよく見かけた木造の平屋は皆無。どれも同じで見分けのつかない賽《さい》ころのような四角張った家が整備された区画にきっちりと収まり、その間を文明の利器——自動車が走っている。

村では荷台のある軽トラックが主流だったが、ここでは4ドアの乗用車が一般的だ。しかも狭い道を平気でビュンビュンと走るので、一葉は車の気配を察知するたびに慌てて傍の塀にへばりつき、ヤツが通り過ぎるまでじっと待っていなければならなかった。

よくもまあ、こんな両側を壁で仕切られた逃げ場のない道で、人間たちは自転車に乗ったり犬を散歩させたりできるものだ。半ば呆れ、一方でその進化に感心する。

最初のうちは目に映るものすべてがアヤカシの仕業かといちいち疑ってかかったが、一週間もすればこちらの生活にも徐々に慣れてきた。

もとより人間とのかかわりを完全に断っていたわけではないので、人の世界で生きる処世術ならそれなりに心得ているつもりだ。少なくともここの神社のプライドばかり高いキツネよりは、物事に対して機転が利くはずだと自負している。

少々世間知らずなのは、山から出てきたばかりなので仕方ない。不足している知識はこれから詰め込んでゆく予定だ。村と比べたら人間の数は圧倒的に多いが、その分、彼らが過ごしやすいよう生活の随所に工夫が施されている。こういうものかと納得して受け入れられれば、存外便利な環境だった。

何より、いつも傍に雪弥がいる。

一葉が八年前からずっと望んでいた環境が、ようやく実現したのだ。

雪弥との出会いは偶然だった。

初対面の印象は、おかしな人間だという、ただそれだけだった。

普通の人間ならば、いくら手負いの獣とはいえ、牙を剝いて吼えれば大抵は恐れをなして近づかないものだ。だが、彼は違った。怪我のせいで衰弱しきった一葉を物置小屋から追い出すことはせず、毎日様子を見に現れては一方的に話しかけ、水と食糧を置いていった。おかげで、思ったよりも早く体力を回復することができたのだ。

その後は山に戻ったが、少年のことが頭から離れず、気づけば再び村に下りていた。

不思議な気持ちだった。当時の一葉は、遥《はる》か昔から山を守ってきた自分に対し、信仰心を失うどころか猟銃を突きつけてきた人間どもを、正に今、見限ろうと決めたばかりのところだったのだ。しかし、雪弥と一緒にいると胸がほっこりとあたたかくなり、恨みに荒《すさ》んだ心が洗われる気がした。

村人たちは雪弥に感謝しなくてはならない。災厄から逃《のが》れることができたのだから。そしてまた、一葉も感謝していた。もしあの時、怒りに任せて力を暴走させていたのなら、一葉は間違いなく禍津神《まがつかみ》に堕《お》ちていただろう。我を失い、天からも人からも忌み嫌われる災厄神に成り果てていた。そうやっていつまでも地上に留まり続けるくらいなら、いっそ消えた方がましだ。だが、まだ消えたくはなかった。一葉こそ雪弥に救われたのだ。

雪弥の傍にいたいと思った。

彼が困ることがあれば迷わず力になろう。その身に危険が迫れば、この体を賭して守ってやる――しかし、そう誓ってから間もないある日、雪弥は突然、村から去って行ってしまったのだ。

――元気にしてろよ。また会いに来るから。

特定の人間に会いたいと願うのは初めてのことだった。

待って待って待ち侘《わ》びて、ただ待つだけでは心許《こころもと》なくて、もう一度彼に会うためにはどうすればいいのか考えた。

一葉なりに準備を整えて、そろそろ山を出ようと決めた矢先のことだった。

世話になった雪弥の祖父が倒れた。奇《く》しくも、そのことがきっかけとなり、一葉は再び雪弥と出会えたのだ。

――なあ、じいさん。孫はいつここに来るんだ？

――さてなあ。あの子も忙しい身だ。気が向いたら、そのうちひょっこりやってくるさ。

人間の姿でどこからともなく現れる一葉を、何の疑いもなく招き入れた気のいい老翁《ろうおう》。もしかすると、彼が一葉と雪弥を引き合わせてくれたのかもしれない。神通力ではない、人間だけが稀に起こすことができる、何か不思議な力が働いたように思えてならなかった。

「……じいさん」

一葉は独りごちる。

「ようやく雪弥に会えたぞ。あんたの孫は、俺が必ず幸せにしてやる」

まさか、すでに雪弥に好いた女がいるとは計算外だったが、まあ問題ない。その女よりも自分の方が雪弥を幸せにできる自信があった。

手始めとして、まずは今夜の夕飯だ。雪弥もきっと喜んでくれるに違いない。

大きな体を弾ませながら石階段を上っていると、頭上から「おい」と耳障りな声が降ってきた。

「新しいべべを着せてもらって呑気にお出かけか？　いい身分だな、馬鹿イヌ」

ピタッと足を止める。それまでの楽しい気分がみるみるうちに萎《しぼ》み、不快感が込み上げてくる。心の底からお前のことが気に食わないという顔で、渋々睨み上げた。

案の定、石段の上から白装束のキツネが偉そうにふんぞり返って見下ろしている。本当に気に入らない。

「お前だって暇神《ひまじん》だろうが。そんなところでひなたぼっこか？　五百歳のおじいチャン」

ヘッと厭味《いやみ》を返すと、長い銀髪を風になびかせた紫紺丸が涼しい目元を不快げに細めた。

「生まれて百年か二百年かそこらのひよっこが。毎日遊び回って、もう十分に観光を満喫しただろう。そろそろおうちが恋しくなってくる頃ではないのか？　とっとと山へ帰れ」

「嫌だね」一葉はフンとそっぽを向いた。「俺は雪弥とつがいになりにきたんだ。愛《いと》しい伴侶から離れるわけがないだろうが」

「誰が伴侶だ！　似合いもしない人間の着物を着て調子づきおって」

お決まりの白装束を纏った紫紺丸と違って、一葉は伸縮性のある筒型の上衣と踝《くるぶし》まで隠れるごわごわとした脚衣を身につけている。人間の若者が着る衣装で、『ていしゃつ』と『じいんず』というのだそうだ。下履きは『すにいかあ』。素足で履いてはいけないそうで、『くつした』という物まで履かされた。

すべて、雪弥が揃えてくれた物である。

藍染めの着物と草履《ぞうり》で村に出入りしていた頃は、誰も一葉の恰好を咎《とが》めることはしなかった。雪弥の祖父の家で畑仕事を手伝っていると、時折、「今時珍しいなあ」と声をかけてくる村人はいたが、それだけだった。割烹着は料理を教わったばあさんに倣《なら》ったのだ。

しかしこちらでは、その恰好だとかえって目立ってしまい、よくないのだという。

――一葉は、コンと違って人の姿でもよく外をぶらついているだろ？　境内なら構わないけど、買い物についていきたいならそれらしい服装をしないと、悪目立ちするからさ。

郷に入っては郷に従え、である。

一葉はおとなしく雪弥の指示に従った。

細身の雪弥の服では破けてしまいそうだったので、とりあえずは博嗣の服を借りてその日は出かけることにした。それでも窮屈で、くしゃみをした拍子にビリッと布を引き裂いてしまうのではないかとヒヤヒヤしたが、どうにか目的の衣装屋までは辿《たど》り着くことができた。

店には見たことのない大量の衣服があちこちに吊り下がっていた。まるで服の洪水。今にも衣装が独りでに動き出すのではないかと警戒し、一葉は危うく目を回しかけたほどだ。

雪弥にピタッとくっついていくと、彼が選んでくれた服と共に狭苦しい箱の中に押し込まれてしまった。その中で着替えろといわれても、この衣服の着方がわからない。結局、雪弥も箱の中に入ってきて、着替えを手伝ってくれた。狭い箱の中で雪弥が積極的に密着してくるものだから、思わずぎゅっと抱きしめると、彼に叱られてしまった。

――こ、こういうことは、いくら冗談でも人前でやったらダメだぞ！　今後一切禁止！

真っ赤な顔をして声を上擦らせる雪弥も実に愛らしかった――一葉は、数日前の出来事に思いを馳せて脂下《やにさ》がる。

そうして、ハハンと頷いた。

「キツネ。もしや、俺が雪弥に服を選んでもらったことを嫉《ねた》んでいるな？」

「……馬鹿は本当に馬鹿なことしか口にしないものだな」

「ハッ、そんな強がりを言っていても、本心は羨ましいんだろ。何せこれを着た俺を見て、雪弥はかっこいいと褒めてくれたからな。二人がつがいになる日もそう遠くはない」

「いっそ清々《すがすが》しいほどにめでたい頭だ。中身は花畑か？」

紫紺丸が紫水晶の瞳で呆れたように見下ろしてくる。

「雪弥はお前のことなど何とも思っておらんぞ。相手にされてないというのがわからんか」

「たとえ今はそうでも、明日はどうなるか俺にもお前にもわからないだろうが」

一葉はフンと鼻を鳴らして、手に持っていた容器を掲げてみせた。

「これを見ろ！　俺はお前みたいに、一日中ぐうたらと屋根に寝そべっていたわけじゃないぞ。雪弥に食べさせるために『ぐらたん』を練習してきたのだ」

「……グラタンだと？」と、紫紺丸が柳眉《りゅうび》を寄せた。

「そうだ」一葉は胸を張って頷く。「本屋で『ぐらたん』を調べていたら、親切な女に会ってな。これから料理教室とやらに行くというから、俺も同行させてもらったんだ。お試し体験というのに参加してきた」

「女？」

以前、雪弥と一緒に訪れた書店に今日は一人で出向き、料理本を読み漁《あさ》っていたのだ。しかし、文字は読めてもどうにも用語の意味がわからず、ちょうど傍にいた若い女にあれこれ訊ねて教えてもらったのだった。更にはその女から、興味があるならこれから一緒に料理教室に行かないかと誘われたのである。

「あれはなかなかに器量のいい女だったな。包丁捌きも悪くなかった」

「ほう、どんなメス犬だ？　どうせならそのまま尻尾を振ってついていけばよかったものを」

ニヤニヤと厭味を投げて寄越す紫紺丸をムッと睨みつける。一葉は気を取り直し、「犬ではなく人間の女だ。こんな感じのな」と、次の瞬間、ポンッとその女の姿に化けてみせた。

さすがにこれには紫紺丸も驚いたようだ。厭味ったらしい口をぽかんと丸く開けている。

「どうだ？　変化《へんげ》の術はキツネやタヌキだけの特権ではないぞ。俺も昔はタヌキのじじいどもとよく化け比べをしたものだ。一度目にした人間の姿を真似ることなどたやすいわ」

一葉は衣装ごとそっくりそのまま変化した自分の姿を見下ろして、満足げに鼻を擦った。

じいんずを穿いている下肢は男の物よりも随分とほっそりとしており、腰もくびれて折れてしまいそうに細い。そのくせ、乳は立派に張り出している。

白い華奢《きゃしゃ》な手で髪を払う。背まで伸ばした栗色の長い髪。自分の顔を見ることはできないが、あの女と瓜《うり》二つに化けている自信はあった。

「それにしても、こちらにはあんなに広い炊事場があるんだな。何人もの女が一斉《いっせい》に『ぐらたん』を作るんだ。そうそう、キツネ。残念だが、もうお前は俺を馬鹿にすることはできないぞ。俺はすでに『まかろに』も『ほわいとそおす』も完璧に習得済みだからな」

容器に入れて持ち帰ったぐらたんの中身は、後はちいずをのせて、おーぶんという調理機に突っ込み加熱するだけ。

どうだとばかりに見上げると、紫紺丸がふいに神妙な面持ちで言った。

「お前、今までその女と一緒だったのか」

「？　ああ」一葉は頷く。「あの女には感謝している。おーぶんとやらの使い方も教えてもらったし、これでいつでも雪弥の好物を作ってやれるぞ。キツネ、今に見ていろ。雪弥の想い人が今夜の夕餉《ゆうげ》を境に俺に変わるかもしれない……」

プフッと、紫紺丸が吹き出した。白い箒尻尾をぱたぱたと振って、口元を押さえている。

「何だ？　何がおかしい」

怪訝に思って問いかけると、紫紺丸は腹を抱えてゲラゲラと笑い出した。

「ククッ、あーはっはっは！　偶然とは恐ろしいものだな。お前が今、誰に変化しているのかわかっているのか？　その女こそ、雪弥の想い人だぞ」

「――！」

一葉は思わず押し黙った。目をしぱしぱと瞬かせる。

「……何？　ど、どういうことだ？」

「だから、お前が雪弥のためにグラタン作りを教わった相手は、お前の恋敵《こいがたき》である和菓子屋の娘だったということだ。馬鹿め」

紫紺丸がひいひいと目に涙を浮かべながら、さも愉快げに足をばたつかせている。

「この女が？　ゆ、雪弥はこの女のことを好いているのか？」

「そうだ。物心ついた頃から、頬を桃色に染めてその女を見つめておったぞ。お前も言っていたじゃないか。器量がよくて包丁捌きも悪くない。雪弥が望む、理想の嫁だ」

「！」

何だと？　この女が雪弥の理想の伴侶だと？　ガンッと衝撃を受けた脳裏に、今日初めて会った親切な女とのやりとりが走馬灯《そうまとう》のように蘇る。確かにいい女だった。しかし、まさかあれが雪弥の想い人だったとは――動揺して、危うくぐらたんの入った容器を落としてしまいそうになる。

「あれ？」

階下から馴染みのある声が聞こえてきたのは、その時だ。

一葉はハッと振り返る。正に今、石階段を上ろうと足を掛けた雪弥が、驚いたような顔をしてこちらを見上げていた。出先から戻ってきたところなのか、大きな鞄を抱えている。

反射的にビクッと背筋を伸ばした一葉は焦った。わけもなくわたわたと慌てて、咄嗟に頭上を仰ぎ見る。いつの間にか、紫紺丸は姿を消していた。

「ゆ、雪……」

「美月さん！」

「え？」

一葉は瞬時に我に返る。自分が今、誰の姿に変化しているのかを思い出して、急いで口を噤《つぐ》んだ。ミヅキというのは、おそらくこの女の名だろう。彼女は一葉にはキヌイと名乗っていたが、あれは姓だ。キヌイミヅキというのが、雪弥の想い人なのだと素早く理解する。

「美月さん、今日もお参りですか？」

そして、息を弾ませながら階段を駆け上がってきた雪弥を見た途端、一葉は戸惑いを隠せなかった。

こんな彼の表情は、今まで見たことがない。

はにかむように微笑んでみせた雪弥は、彼女に会えたことが嬉しくて嬉しくて堪《たま》らないという顔をしていた。

一葉の前で、雪弥はこんなふうには笑わない。楽しそうにしているが、もっと砕けた調子で大口を開けて笑っている。こんなに目を輝かせて頬を染める彼を、初めて見た。

雪弥の笑っている顔を見るのは好きだ。

雪弥が笑ってくれるのなら、一葉は何だってするだろう。今は少々噛み合っていない雪弥の気持ちも、いずれは必ず手に入れてみせる。

だが、こんな幸福そうな表情を目の当《ま》たりにしてしまっては、その自信もあっけなく揺らいだ。

胸がぎゅっと締めつけられるようで、咄嗟に胸元を押さえる。手のひらにふにゃりと柔らかい感触が伝わってくる。女の乳房だ。

――雪弥はお前のことなど何とも思っておらんぞ。

ふいに意地の悪い紫紺丸の言葉が脳裏を過ぎり、一葉は気落ちした。

――相手にされてないというのがわからんか。

紫紺丸の前ではあれほど強気でいられたのに、今の雪弥を見ていると、努力だけではどうにもならないものがあることを思い知らされる。人の心というのはその最たるものかもしれない。昔から神の力をもってしても、時に思いもよらぬ言動で神通力を跳ね返し、奇跡を起こしてきたのが彼ら人間だ。

「美月さん？」

雪弥が心配そうに言った。

「どうか、しましたか？」

「――え？」一葉は急いで視線を上げた。「あ、ああ……いや。な、何でもない」

慌てて首を横に振ると、雪弥が「そうですか」と、ホッとしたように微笑む。またズキリと胸が痛んだ。

雪弥が急にそわそわとしだした。

「あの、美月さん！」

ごそごそと鞄の中身を漁り、手に取ったそれを一葉に差し出してきた。

「こ、これ。実は先ほど知人から譲り受けまして……も、もしよかったら、一緒に観に行きませんか？　この前、美月さんが観そびれたと言っていた、映画のチケットなんでしゅけ、どっ」

最後は緊張に舌を噛みそうになって、雪弥が恥ずかしげにカアッと顔を赤らめる。夕陽に負けない赤面ぶりだった。そんな雪弥もかわいらしい――いつもの一葉なら間違いなく脂下がる場面だろう。しかし、今はただただ切なくなるばかりだ。

雪弥は、好いた相手の前ではこんなふうになるのだな……。

「――あ。ご、ごめんなさい」

黙り込んでしまった一葉を誤解したのだろう。雪弥があたふたと口を開いた。

「急に変なことを言ってしまって、すみません。そうですよね、僕なんかと映画を観に行っても、アレですし……あの、よかったら、このチケットは誰かお友達を誘って行ってきて下さい。えっと、それじゃ、僕はこれで……」

一葉にチケットを押しつけると、気まずそうにぺこりと一礼した雪弥は、足早に去ろうとする。

一瞬目の端に入った彼の顔が、今にも泣き出しそうに見えた。ハッとした一葉は、石段を駆け上がろうとした雪弥の手を思わず摑んで引き止めていた。

「まっ、待て」

「え？」

驚いたように雪弥が振り返る。夕陽に染まった顔に涙が光っていなくて、ひとまずホッとした。

その代わり、雪弥は期待と不安の入り混じった目でじっと一葉を見下ろしてくる。

うっと言葉を詰まらせた。そんな目で見られると、どうしていいのかわからない。なぜ彼を引き止めてしまったのか、我ながら自分の行動がよく理解できていなかった。ただ、雪弥が悲しそうにしている姿を見るのが嫌だったのだ。

「あ――その、何だ」

一葉は狼狽《ろうばい》を隠せないまま、女の甲高い声であーうーと唸る。「ええっと……そうだ！

これ、行ってやってもいいぞ」

「えっ」

雪弥が大きな目を更に丸くした。

えいがとやらが何のことなのかいまいちピンとこなかったが、雪弥はそこにキヌイミヅキと一緒に行きたいのだということだけは伝わってきた。

落ち込んでしまった雪弥を喜ばせてやりたい。ただそれだけだったのだが、咄嗟に自分がしでかした過《あやま》ちに気づいて早くも後悔する。しまったと思った時にはすでに遅く、後の祭りだった。

雪弥が上ったばかりの段数を慌てて引き返してきた。

「あの、今のは、ほ、本当ですか！」

キラキラと目を輝かせた雪弥が、嬉しそうに見つめてきた。

一葉は「うっ」と、思わず言葉を詰まらせる。キヌイミヅキの背の丈は一葉よりも随分と低い。そのため、いつもは見下ろす位置にある雪弥の顔とほぼ同じ高さで向き合うことになる。一葉がちょっとつまずけば、その唇に簡単に吸いつくことができる距離だ。

期待に満ちた真《ま》っ直《す》ぐな眼差しを向けてくる雪弥を前にして、やはり今のはなしで、とはさすがに言えなかった。

「あ……ああ、うん」

雪弥がぱあっと笑顔になる。一葉は初めて自分が冷や汗というものを掻いていることに気づいた。激しい動悸がする。

「それじゃあ、これで。帰り道、気をつけて下さいね」

待ち合わせがどうとか雪弥が一生懸命喋っていたが、一葉は半ば放心状態だった。嬉しそうに手を振って寄越す雪弥に、こちらも引き攣った笑顔で手を振り返す。

雪弥に見送られて、一葉はせっかく上った階段をまた下りる羽目になった。この姿で彼と一緒の家に戻るわけにもいかない。

ひとけのない往来をとぼとぼと歩く。背中の夕陽はもう地平線の向こうに半分ほど沈んでいる。ゆらゆら揺れて、熱にとろりと溶けた杏飴《あんずあめ》のようだ。

「まさか、ここまで酷い男だとはなあ」

茫然と佇《たたず》んでいると、頭上から厭味ったらしい声が降ってきた。

「雪弥にぬか喜びさせるつもりか？　馬鹿イヌはどこまで馬鹿なのだ」

民家の塀の上に立ち、紫紺丸が呆れ返った目で見下ろしてくる。

「……うるさい、阿呆キツネ。さっさと一人で消えやがって、この裏切り者が」

「知るか。お前が勝手にその女の姿に化けたのだろうが。大体、黙ってやり過ごしていれば済んだものを、お前が余計なことをするからこんな面倒な状況になったのだ。雪弥は舞い上がって、兎《うさぎ》みたいにぴょんぴょこ飛び跳ねながら参道を駆けて行ったぞ。何せ、憧れの女との初デートだからなあ」

でえと――とは、何だ？　えいがとやらとは何が違うのだ。

「どうする気だ？　雪弥はすっかり浮かれておるぞ」

「…………」

「あの奥手なガキが、精一杯の勇気を出して初めて女をデートに誘ったんだ。その正体が、実は馬鹿イヌだったとばれたらどうなるのだろうなあ。雪弥の純情を弄《もてあそ》ぶとは、どこまで悪い神なんだ。ああ、かわいそうに。雪弥が気の毒だなあ。傷つくぞ？　どっぷり落ち込むぞ？　そしてお前は間違いなく恨まれる。まあ、それはそれで面白いがな！」

ケーケッケッと、さも愉快げな紫紺丸の笑い声が夕焼け空に響き渡る。

頭上は菫色《すみれいろ》に染まりつつあった。見上げた空に雪弥の嬉しそうな笑顔が浮かぶ。ただ、悲しませたくなかったのだ。しかしこのままでは、紫紺丸が言うように、何も悪くない雪弥を傷つけ、落ち込ませてしまう事態になりかねない。

一葉はため息をついた。

「……おい、阿呆キツネ」

「何だ、馬鹿イヌ」

「俺は――一体どうしたらいいんだ？」

間髪入れずに「知るか！」と、手厳しい声が返ってきた。

雪弥が浮かれている。

それはもう、傍から見てもはっきりとわかるほどに。

「最近の息子は、見るたびにニヤニヤと笑っていて、どうにも顔に締まりがなさすぎて困ったものです。何かあったのでしょうか」

博嗣が味噌汁を啜りながら小声で言った。

一葉はぎくりとする。自分で作った出汁《だし》巻き卵を箸で突《つつ》きながら、そっと横目に流しを窺《うかが》う。先に朝餉を終えた雪弥が、鼻唄を口ずさみながらじゃぶじゃぶと鍋を洗っていた。

ふりふりと揺れる引き締まった小さな尻を見つめていると、罪悪感が込み上げてくる。

「さあなあ」と、紫紺丸がキュウリの浅漬けを齧って言った。

「よほど嬉しいことでもあったのではないか？」

チラッと一葉に向けて意味深な視線を寄越す。普段は滅多に家の中には現れないと聞いていた紫紺丸は、今や当たり前のように森本家の食卓に陣取っていた。あれほどブツブツ文句を言っていたくせに、一葉が準備した食事をせっせと掻き込んでいる。

初めのうちは神様に家事をさせるなんてとんでもないと慌てていた博嗣も、今ではもう何も言わずに一葉の手伝い役に回っていた。男四人の食事風景が日常になっている。

「嬉しいこと……何ですかねえ」

「雪弥も年頃だからな。親に言えぬことの一つ二つくらいはあるだろ」

紫紺丸の言葉に、博嗣が少し考えるような間をあけて、「ああっ！」と動揺をみせた。

「そ、そうですね。雪弥も、もう二十五ですから。そうか、それで今日は珍しく休みが欲しいと言っていたのか。いつもは日曜だろうが関係ないのに」

納得したように頷く。

「奥手な子なので、少し安心しました」

「………」

博嗣がどこか嬉しそうにしている横から、また紫紺丸がじっとこちらを見てきた。

一葉は非常に心苦しい。博嗣の想像は概《おおむ》ね当たっているはずだが、ひとつ大きな間違いがある。雪弥が今日一緒に出かける予定の相手は女でなく、一葉だということ。しかも、キヌイミヅキに化けた一葉だ。

これは連帯責任である。嫌がる紫紺丸を捕まえて何度も話し合った結果、やはりでえとは予定通りに行うべきだという結論に達したのだった。

あれから雪弥は何があってもニコニコとしている。

酸っぱい梅干しを食べてもニコニコ、竹箒に蹴躓《けつまず》いてもニコニコ。せっかく掃き集めた落ち葉を、一葉と紫紺丸が取っ組み合いになって散らかしてしまった時も、「大丈夫だよ。それより二人とも、怪我はなかった？」と、ニコニコ。

キヌイミヅキの凄さを思い知る。

彼女に化けて少々イタズラをしてやれば、雪弥は彼女を嫌いになるかもしれない。そうすれば、雪弥は一葉のことを見てくれるのではないか――最初こそ、そんな悪巧みをしてみたものの、今はとてもではないがそんな気分にはなれなかった。

実は雪弥が誘った相手は彼女本人ではなく、まったくの別人だったことがバレてしまったら、彼は一体どうなってしまうのだろう。今が頂点だ。事実を知った途端にガクンと落ち込み、繊細な心がポキッと折れて壊れてしまうかもしれない。考えると恐ろしくなる。

一葉は考えた。

考えて、キヌイミヅキに雪弥とでえとをするよう頼んでみてはどうかと思いついた。一葉にとってはあまり歓迎できることではなかったが、雪弥のためを思えば仕方ない。

しかし、これが裏目に出てしまった。

料理教室に通う彼女を待ち伏せし、無事に接触を果たしたまではよかったのだ。彼女も一葉のことを覚えていた。笑顔でぐらたんの感想を訊かれ、少し世間話を挟んだのち、よしと気合を入れた時だった。彼女が問題の発言をした。

――私の好きな人もグラタンが大好物なんです。もうすぐ、その人と結婚するんですよ。

それは、どう頑張って解釈しても雪弥の話ではなかった。相手は彼女より四つ年上だというのだから、雪弥はその時点で条件から外れている。一葉は眩暈《めまい》がするようだった。

――仕方ない。責任をもって、美月としてどうにか一日やり過ごせ。

事情を聞いた紫紺丸に言われて、一葉も頷く他なかった。もとは自分が蒔《ま》いた種だ。

それからの数日間、一葉は神社を訪れる若い女性参拝者の観察に力を注いだ。

黒い獣の姿で彼女たちに警戒心を与えないように近づき、見聞きした情報を懸命に頭に叩き込む。服装、歩き方、仕草、言葉遣い。紫紺丸の指導の下、キヌイミヅキを演じるために特訓を重ねた。

――いいか、美月は雪弥のことを「雪弥くん」と呼ぶ。間違えるなよ。「雪弥」などと呼べば、間違いなくあいつは勘違いするぞ。これ以上の誤解は生むな。

毎夜、雪弥と博嗣が寝静まった後に行われる社殿の上での密会では、何度キヌイミヅキに化けたか知れない。

――何だその露出魔は！　美月はそんなはしたない恰好はしないぞ。もっとスカートは長く、下着が見えるだろうが。胸元もぱっくり開け広げるな。雪弥を興奮させてどうする。

昼間に見かけた参拝者を真似てみたのだが、どうやら違ったようだ。記憶を探りつつ、何度か衣装を替えて、ようやく紫紺丸から「まあ、そんなもんだろ」とお墨付きをもらった。

そうして、ついに迎えたでえと当日。

「い、いってきます」

緊張した面持ちで、雪弥が玄関を出る。一葉と紫紺丸が見送ると、彼は何もないところでつんのめった。先ほどまでうきうきと鼻唄まで口ずさんでいたのに、今はからくり人形の如《ごと》く全身を強張《こわば》らせてカクカクしている。相当緊張しているのが窺える。

雪弥は一葉と紫紺丸に何も話さなかった。ただ、用事で出かけるとだけ。博嗣ですら何かおかしいと勘繰《かんぐ》っていたのだから、わかりやすいことこの上ないのだが、こちらからはあえて何も訊かなかった。一葉も探られては困る後ろめたい事情がある。

今日までに雪弥がキヌイミヅキと接触していたら、事態は変わっていたかもしれない。だが、幸い二人が顔を合わせることはなかった。一葉と紫紺丸が交代でずっと雪弥を見張っていたので、それは間違いない。

雪弥は待ち合わせ時間よりも随分と早く出かけて行った。

すぐに一葉も変化して、共犯者の紫紺丸と再度注意事項を確認してから家を出る。雪弥が通る道とは別の、あらかじめ調べておいた通路を急ぐ。事前に神社から待ち合わせ場所までを何度も往復したので、特に問題もなく到着した。

待ち合わせの駅前広場は、多くの人間がうじゃうじゃと徘徊《はいかい》していた。

落ち着かない思いでしきりにキョロキョロと辺りを見回す。

おかしい。まだ雪弥は着いていないのだろうか。一葉よりも早く出たのに。

心配になってうろうろしていると、「ねえ、オネエサン」と、髭面《ひげづら》と金髪の小汚い二人連れの男に声をかけられた。「何してるの？　暇なら俺らと遊ぼうよ」

一葉は目を眇《すが》めた。おそらく雪弥と同世代だろう。身に纏ったきつい人工的な香料が、体臭と混ざって周囲に悪臭を撒き散らしている。顔の作りも並み以下。むさくるしく、清潔感がまったくない。雪弥とはえらい違いだ。

「いや、こんなムシケラどもと比べたらあいつに悪いな」

「ん？　オネエサン、美人だね」

「ねえ、どこ行く？　腹減ったし、カラオケとかさあ……」

「俺に気安く触るな」

一葉は馴《な》れ馴れしい男の手を払う。「鬱陶しい、さっさと失《う》せろ」

「ああ？」

人間にも様々な種類がいる。目の前にいるのは、言葉の通じない愚かな若造だった。

「おいおい、今何て……イタタタタ」

触るなと言っているにもかかわらず、一葉の肩に触れてきたので、戒《いまし》めにちょっと腕を捻ってやる。すると、偉そうにしていた若造は大袈裟《おおげさ》に悲鳴を上げて蹲ってしまった。

「くそっ、この女…っ」

「おいもうやめとけって。あそこのオマワリ、こっちを見てるぞ」

チッと舌打ちをした男が「ふざけんな、このブスッ」と吐き捨て、二人は去って行った。

一葉は白けた目で雑踏を見やる。いつの時代にもああいう輩《やから》はいるものだ。まさか、雪弥もあのような不届き者に足止めを食らっているのではないだろうな。

「なかなか姿を見せないのは、その可能性があるな。何せ、雪弥はかわいいからな……」

こうしてはいられない。助けに行かなければと、踵《きびす》を返そうとしたその時だった。トントンと背後から肩を叩かれた。また鬱陶しい小僧どもか。一葉は苛立《いらだ》ち、ハアと息を吐く。

「……しつこい。腕で足りないなら首も捻ってやろうか——」

「え？」

「——！」

振り返った途端、一葉はビクッと硬直した。

「ゆ、雪弥！」

そこには、はあはあと息を切らした雪弥が立っていた。走ってきたのだろう。膝に手をつき、懸命に呼吸を整えている。

「美月さん、大丈夫でした？　変な男の人たちに、からまれてたように、見えたから」

「……ああ、あれか」

「す、すみません、遅くなって。何も、されませんでしたか」

「いや……何も」

むしろ、やらかしたのはこちらの方——とは、心の中だけの呟きに留める。雪弥が、一瞬ホッとしたように表情を弛めた。

「ごめんなさい。俺が、もう少し、早く着いていれば」

苦しげな息継ぎを繰り返し、無理に言葉を紡ごうとする雪弥が気の毒になる。落ち着くまで喋らなくてもいい。一葉はおろおろとしながら雪弥の背中をさすってやる。

「俺……じゃない、わ、私は大丈夫だ。謝ることはない。雪弥――クンは、まったく遅くないと思うぞ……よ？」

あれほど練習したというのに、いざ実践となると女言葉を真似るのは容易ではなかった。

幸い、雪弥はまだ俯き、自分を落ち着かせるのに精一杯のようだ。どの辺りで視界に入ったのかはわからないが、キヌイミヅキの身に危険が迫っていると知って、急いで駆けつけたのだろう。

「でも、美月さんをお待たせしてしまって」

「いや、気にすることはない。まだ約束の時間にはなってないぞ……わよ？」

二人とも早く到着しすぎたのだ。雪弥が腕時計を確認して、「あ、本当だ」と呟いた。

雪弥があまりにも早く家を出たので、必然的に一葉の出発も早まったのである。

ようやく落ち着きを取り戻した彼が、顔を上げた。一葉と目が合って、ぽっと頬を赤らめる。はにかむように笑って、緊張した声音で言った。

「そ、それじゃあ、行きましょうか」

額に汗を浮かべながら、雪弥が嬉しそうに微笑む。

「美月さん」

まるで宝物のようにその名を呼ぶ彼が不憫《ふびん》に思えて仕方なかった。

真実を知ったらどう思うだろうか。今度こそ、雪弥は泣いてしまうかもしれない。一葉が隠していても、いずれは雪弥の耳に入ることになるだろう。

キヌイミヅキはもうすぐ別の男と結婚する。

そんな残酷な言葉が喉元まで出かかって、一葉はぐっと無理やり飲み込んだ。


テレビは知っていたが、えいがというものは初めての体験だった。

紫紺丸も知識にはあるが、実際に体験したことはないと言っていた。テレビに似た、人間の娯楽の一種だという。一葉は未知の世界に足を踏み入れようとしていた。

広い部屋に椅子《いす》がたくさんあり、大勢の人が座っている。空いている席を見つけて、一葉と雪弥は並んで座った。突然真っ暗になり、一葉はビクッと警戒した。咄嗟に雪弥を守ろうと身を乗り出した途端、正面に巨大な映像が現れて、爆音が鳴り響く。何だこれは？　ビクビクッと、一葉は挙動不審になった。両側面から押し寄せてくる音の洪水。前方から迫り来る異国の映像。本能が危険を感知する。雪弥が危ない！　立ち上がろうとした瞬間、隣に座っていた雪弥に「どうかしましたか？」と潜めた声で訊かれた。その時になって初めて、これが異常ではなく正常なのだと理解する。

なるほど。これがえいがなるものか。人間とは金を払ってまでこんな奇妙な体験をしたいのか。理解し難い。

大きな音が部屋に反響してうるさすぎた。早くも耳が痛くなり、映像の人間は彫りの深い外国人ばかりで、何を喋っているのかさっぱりだ。画面の下に日本語が現れるも、読もうとした傍から消えて新たな文字が浮かび上がる。さっぱりだ。

結局、途中から記憶がない。

「……さん、美月さん」

ハッと目を開けると、雪弥が顔を覗き込んでいた。女と見紛《みまが》うような顔立ちではないのだが、相変わらずかわいい。香料は一切つけていないはずなのに、ひどくいい匂いがした。

ぎゅっと抱きしめたくなる。

「美月さん、目が覚めましたか？　大丈夫ですか、もう映画は終わっちゃいましたよ」

「――――！」

途端に現実に引き戻された。そうだった。今の一葉はキヌイミヅキで、雪弥とでえと中なのだった。一葉は目を瞬き、急いで体を起こす。

「そろそろここから出ないと。清掃のスタッフさんたちが入って来たんで。立てますか？」

雪弥に言われて、一葉はこくこくと頷く。慌てて腰を上げた。

ひとまず建物の外に出る。バツの悪い思いを引き摺りながら歩いていると、ふいに隣から雪弥が「気持ちよさそうに眠っていたんで、何だか起こすのが悪い気がして」と、思い出し笑いをしてみせた。一葉は、うっと返事を詰まらせる。しまった。せっかく雪弥が勇気を出して彼女を誘ったのに、退屈すぎて寝てしまうなんて——大失敗だ。

「あの、悪かったな……です」

「え？」雪弥がこちらを向いた。「ううん、確かにちょっと退屈だったから。俺も時々あくびをしてたし」

照れ臭そうに笑いながら、首を横に振った。「そうだ、おなか減りましたよね。ちょっと遅くなっちゃったけど、お昼にしませんか？」

言われてみると、腹が減っている。大きく頷くと、一瞬きょとんとした雪弥が、楽しそうに微笑んだ。

雪弥の案内で小洒落《こじゃれ》た店に入った。

「何にしますか？」

彼が差し出した品書きを眺めて、一葉は真剣に悩む。『パスタ』という文字が目についた。これなら知っている。蕎麦《そば》の白いヤツにトマト味のタレをかけたものだ。紫紺丸にお前の作る料理は茶色の物ばかりだと馬鹿にされてから、ちょっとずつ洋食の勉強もしているのだ。

一葉は胸を張って言った。

「お……わ、私は、パスタにしようかしら」

「パスタですか。いいですね、どのパスタにします？」

何？　一葉は戸惑った。どのパスタだと？　パスタはパスタではないのか。

「えっと、今日のおすすめは……」

雪弥が辺りを見回す。店内の一角に板書を見つけて、読み上げた。「ホウレン草とソーセージのカルボナーラ。ナスとツナのトマトソース。エビとキャベツのクリームソース……」

「カル…ラ……トマト……クリクリ……？」

雪弥が唱える呪文の数々に、一葉はぐるぐると目が回りそうになる。町で暮らす人間ならこの程度の横文字は日常茶飯事なのだろう。雪弥に不審がられては事だ。品書きを睨みつけて、かろうじて知っている単語を口にする。

「……ぐ、ぐらたん」

「え？　グラタンですか？　パスタはやめて、グラタンにしますか？」

雪弥に問われて、一葉はぐったりとしながら頷いた。

二人とも同じ『グラタン』の『ランチセット』を注文し、ハフハフ言いながら食べる。空腹を満たすように、夢中で匙《さじ》を進めた。

「美味しいですか？」

「ハフッ、ああ」

「よかった。この前、うちでもグラタンを食べたんですよ。神社のお手伝いをしてくれている人が作ってくれたんですけど、すごく美味しかったんです」

一葉はピクッと手を止めた。雪弥の言うそれは、先日一葉が料理教室で教わって作った物に違いない。

「……そ、そうか。すごく美味しかったか」

雪弥がにっこりと笑いながら「はい」と言った。

嬉しい。一葉はニマニマと頬を弛める。雪弥に褒められた。ぐらたんを初めて食卓に並べた時もびっくりした彼はスゴイと褒めてくれたが、また褒められた。

上機嫌で店を出る。その後も、雪弥と一緒に賑わっている繁華街の周辺をいろいろと見て回った。ずっと山で暮らしていた一葉にとって、目に映るものすべてが奇抜で珍しく、好奇心に任せてキョロキョロしてしまう。

雪弥がお茶をしようと言うので、また別の食い物屋に入った。

「あ、カキ氷がある。美月さんは、今年の夏は海に行きました？」

「海？」一葉は記憶を手繰り寄せる。「ああ。噂には聞いていたが、まだ一度も行ったことがないな。大地が割れて、大量の水が流れ込んだ跡だと聞いている」

「え？」と、雪弥が首を傾げた。

一葉はハッと我に返る。慌てて首を左右に振り、「い、いや、今のは間違いだ。わ、私は海には行っていない」と、訂正した。危ない危ない。

ぷりんあらもおどという豪華なぷりんを食べた。紫紺丸に散々揶揄《からか》われたが、もう一葉もこの黄色いぷるぷるした物体がイキモノではないと知っている。味は正直に言って、雪弥が先日作ってくれたぷりんの方が美味かった。売り物よりも格上とは大したものである。

またしばらく繁華街を冷やかして回り、一葉はすっかり夢中になって楽しんでしまった。

「美月さん。今日は付き合ってくれて、ありがとうございました」

帰り道、肩を並べて歩いていた雪弥がふいに改まったような口ぶりで言った。

「すごく楽しかったです」

はにかむみたいに微笑む。一葉はどきりとした。今の今まで楽しかった気持ちが急速に萎み、代わりに胃の底から重苦しい罪悪感がひしひしと込み上げてくる。

最初から騙《だま》すつもりだったわけではない。すべては成り行きだった。しかし今、雪弥の目の前にいるキヌイミヅキは本人ではなく一葉が彼女に化けた姿であり、雪弥が今日一日一緒にいたのも一葉だ。雪弥は彼女とでえとをしたかったのに、実際の相手は一葉。

キヌイミヅキはもうすぐ他の男と結婚する。そうなった時、これまで積み重ねてきた雪弥の恋心はどこにいくのだろう。今更ながら後悔が押し寄せてくる。雪弥の悲しむ顔は見たくない。だから一葉は彼女の姿を借りた。しかし、これで本当によかったのだろうか。

「あ、あの……」

一葉は雪弥を呼び止める。雪弥が振り返る。その時、「あら、美月ちゃんと雪弥くん」と、どこからか声が割り込んできた。前方から中年の女性が自転車に乗ってやって来る。

「大野《おおの》さん」雪弥が挨拶をした。「こんにちは」

どうやら知人らしい。一葉は初めて見る顔だったが、キヌイミヅキとも知り合いのようなので軽く会釈した。

「さっき、宮司さんに会ったところなのよ。今日は雪弥くん、お出かけだったの？」

「はい、ちょっと……」

雪弥が照れ臭そうに頷く。女性の目が一葉に向いた。にこっと笑いかけられて、釣られた一葉もぎこちなく唇を引き上げる。しかし次の瞬間、「そうそう美月ちゃん」と切り出した彼女の言葉に、卒倒しそうになった。

「結婚が決まったんだって？　お母さんから聞いたわよ。おめでとう、よかったわねえ」

「――！」

一葉は慌てて女性の口を塞《ふさ》ごうと手を伸ばす。だが一足先に、彼女は「買い物の途中なのよ。それじゃあね」と自転車を漕いで去って行ってしまった。

影が長く伸びたオレンジ色の往来に、気まずい沈黙だけが残される。

「あの、ゆき……」

「行きましょうか」

雪弥がにっこりと笑った。その表情があまりにもいつも通りで、戸惑う。一葉は何も言えず、再び歩き出した雪弥の後を黙って追いかけた。

間もなくして、橡坂神社に上る裏口が見え始める。

緩やかな坂の下で、雪弥が立ち止まった。

「少し、ここで待っていてもらってもいいですか」

一葉は頷く。微笑んだ雪弥が走って坂を上って行った。

一人取り残されて、一葉はがっくりと項垂れる。

まさかこんな結末が待っていようとは、まったく想像もしていなかった。一葉と紫紺丸が必死に隠していたキヌイミヅキの結婚話を、見知らぬ女性にあっさり明かされてしまったのだ。なんて運が悪いのだろうか。これでもれっきとした神なのに。

雪弥はどう思っただろう。突然の話に驚いたはずだ。あの場で放心状態に陥ってもおかしくなかった。それでも、何事もなかったかのように笑ってみせた彼の姿が心に刺さった。まさか、坂を駆け上りながら泣いていたのでは——。

ハッと振り返る。心配して見上げた先、緩やかな勾配の石道を走って下りてくる雪弥の姿が見えた。

「はあ、はあ、お待たせしました。これを、渡そうと思って」

そう言って差し出されたのは、小さな箱だった。

「シュークリームを作ったんです。よかったら、ここで食べませんか」

今朝の雪弥がいつも以上に早起きだったことには気づいていた。そういえば朝から甘い匂いが立ち込めていた。炊事場で何やらこそこそとしていたが、あれはこれだったのだ。

雪弥が坂と雑木林を仕切る柵《さく》に腰掛けた。一葉も戸惑いながら隣に腰を下ろす。

「はい、どうぞ」

箱から二つ取り出したうちの片方を渡された。狐色の球体だった。よく見ると、手のひらにのった小さな球の上四分の一が切り取られていて、中に何やら白い物体が詰まっている。狐色の玉の中は空洞のようだった。切り取られた部分は帽子のようにちょこんと被さっている。これがしゅーなんちゃらというものらしい。

初めて目にするそれを矯《た》めつ眇めつしていると、先に雪弥がぱくりとかぶりついた。

「………」

一葉も慌てて隣に倣って、豪快にかぶりつく。

「――おおっ！」

思わず声が出た。狐色の皮はパリッと香ばしく、中にたっぷりと入った甘い詰め物は白と黄色の二層になっている。濃厚な黄と白のそれらが絶妙に合わさって、口の中でほどよい甘さとなり溶けてゆく。初めて食べる味の菓子だが、あまりの美味さに頬が落ちるようだ。

「どう、美味しい？　一葉」

「おお、物凄く美味いぞ！　これを雪弥が作ったの、か――……え？」

弾かれたように隣を向き、一葉は目と口を大きく開けて固まった。

雪弥がチラッとこちらを見る。

「やっぱり一葉だったんだ？」

「……知ってたのか」

小さく笑った雪弥が、「うん」と頷いた。一葉は混乱気味に問いかける。

「……いつ、気づいたんだ？」

「待ち合わせ場所で会った時からかな」

「そっ」一葉は啞然とする。「それは最初からということか⁉」

雪弥はおかしそうに笑っている。

「な、何でわかったんだ？」

中身はともかく、外見は見分けがつかないほどそっくりに化けた自信があった。納得がいかない。だが雪弥は、一葉が思いもよらないことを口にした。

「一葉と落ち合う前に、実は本物の美月さんに会ったんだ」

「何？」

「男の人と一緒に歩いてた。俺、美月さんからその人を紹介されたんだよ。婚約者なんだって。嬉しそうに笑っててさ。一瞬、わけがわからなくなった。だったら、俺と約束した美月さんは誰なんだって思うだろ？　恐る恐る待ち合わせ場所に行ってみたら、どういうわけかそこにも美月さんがいるし。ちょっとパニックになった」

思い出したのか、雪弥がおかしそうに笑う。「でも、何でかよくわからないんだけどさ。その美月さんを見た時に、『あっ、一葉だ』って、ピンときたんだよ。今この距離で見てもそっくりで、美月さんとしか思えないのに。変だろ？」

冗談めかして首を傾げた雪弥と目が合う。なぜかドキッと胸が高鳴った。

「わかっていたなら、どうして今まで黙っていたんだ」

「うん」雪弥がどこか困ったように言った。「神様だから、美月さんの姿に化けるくらいは簡単にできるんだろうなって、そこは妙に納得したんだけど。何で一葉がこんなことをするのかわからなかったから、しばらく様子を見ようかと思ってさ。でもよく考えたら、俺が階段の下で映画に誘った美月さんが、もうあれは一葉だったんだよな？」

そこまでばれているのなら仕方ない。一葉は観念して頭を下げた。

「……悪かった。あの時、あそこにはキツネの野郎もいて、成り行きで俺はその日出会った女に化けたんだ。まさかそれがキヌイミヅキだとは知らなかったんだ。そうしたら、ちょうどそこに雪弥が帰ってきた」

「そっか。何か恥ずかしいな。俺一人で舞い上がってたし」

「本当にすまなかった。だが、お前を騙すつもりはなかったんだ。信じてくれ」

「わかってるよ。一葉は、俺のことを思って美月さんのフリをしてくれたんだろ？　もしかして、一葉も美月さんの結婚の話を知ってたんじゃないか？」

勘の鋭さに驚かされる。一葉はこくりと頷いた。

「やっぱり。だったら余計に、俺の方こそごめん。俺の勘違いのせいで、一華に変な気を使わせたんだよな」

「………………」

そんなことないと言いたかったが、雪弥を励ます上手《うま》い言葉が見つからない。悄然《しょうぜん》と地面を睨みつける。

ふいに頭を優しく撫でられた。

「一葉、もうその恰好はいいよ。誰も見てないし、元の姿に戻りなよ」

雪弥に言われて、一葉は変化の術を解いた。

「あ、服まで戻っちゃうんだ？　女装する一葉を期待してたのに」と、雪弥が笑いながら残念がる。具体的なイメージをしなかったので、男の姿に戻った一葉は藍染めの着流し姿だ。

「一葉」

雪弥が僅かに声を低めた。

「ありがとう」

ハッと見ると、雪弥が座ったまま伸びをして空を仰ぐところだった。

「本当はさ。美月さんが結婚するって聞いて結構ショックだったんだけど、今日一日、一葉が付き合ってくれたおかげで、何だかもう吹っ切れたみたいだ」

どこかすっきりとした表情の横顔が、あたたかな橙色《だいだいいろ》に染まっていた。綺麗で、思わず見惚《みと》れる。雪弥が泣く時は、傍にいて慰めてやらなければと思っていた。でも、雪弥は泣かなかった。夕焼け色の強くて美しい横顔を見つめて、きゅうっと胸が詰まったみたいに苦しくなる。

「映画館でいちいちビクつく一葉がおかしくってさ。急におとなしくなったかと思ったら、寝てるし。そうそう、レストランではイジワルしてごめんな。相変わらず横文字に弱いんだもん、一葉。ていうかさ、途中からもう自分が美月さんの姿をしてるって忘れてただろ」

一葉は恥ずかしくて、背を丸めて大きな体を小さくした。隣で雪弥がおかしそうに笑いながら、「もう一個食べる?」と、丸くて甘い菓子を手渡してくる。一葉は熱くなった頰を隠すみたいにぱくりとかぶりついた。

雪弥も新しいそれを手に取って、白いくりいむの上にちょこんと被さった帽子を齧る。

「俺さ、実はお菓子を作り始めたのって、美月さんがきっかけなんだよ」

赤い舌を突き出して、とろけるような柔らかい純白のそれをちろりと掬い取る。その仕草が妙に艶《なまめ》かしくて、一葉は横目に見ながら胸をドキドキと騒がせた。

「小さい頃、美月さんは実家の和菓子屋があまり好きじゃなかったんだ。餡子《あんこ》ばっかりでイヤだって。大きくなったらおいしいケーキを作れる人と結婚するんだって言ってさ。小学生だった俺はそれを真に受けて、母さんに頼んで教えてもらうようになったんだけど」

ちろちろとくりいむを舐めながら、続ける。

「結局、美月さんが選んだ結婚相手は、普通の会社員だった。まあ、和菓子屋さんはお兄さん夫婦が継いでるし。美月さん、今は和菓子大好きだし。俺だけ馬鹿みたいに時間が止まってたんだなって、改めて気づかされた。ケーキなんてさ、食べたくなったらお店で買えばいいんだよ。素人《しろうと》が作ったものよりも、プロが作った方が美味しいのは当たり前なんだから」

「俺は、雪弥が作った菓子が一番美味いと思うし、大好きだぞ！」

突然発した声に、雪弥がビクッと驚いたように目を瞠った。

「……あ、ありがとう。急に大声出すから、びっくりした」

「世辞ではないぞ」一葉は懸命に伝える。「俺にはお前の菓子が世の中で一番だ。今日食べたぷりんよりも、雪弥が作った方が美味かった。このしゅーなんちゃらも絶品だ」

「シュークリームな」と、雪弥が笑った。

「俺、一葉に救われてるなあ。縁結びの神様じゃないみたいだけど、一葉が傍にいてくれると凄く心強い。十八年越しの恋って、結構長い片想いしてたんだな。告白する前に振られちゃったけど、何だかすっきりした。今日は本当に楽しかったよ。ありがとうな、一葉」

にっこりと雪弥が微笑む。その途端、一葉の心臓はドキッと大きく跳ね上がった。ドクン、ドクン、ドクンと、早鐘を撞《つ》くようなかつてない激しい動悸に見舞われる。

「あ、鼻にカスタードクリームがついてるぞ。もう、慌てて食べるから」

雪弥が鞄からチリ紙を取り出し、一葉の鼻を拭った。その手をぐっと摑む。

「一葉？」雪弥が不思議そうに上目遣いで見てきた。「どうし……んんっ」

気づくと、一葉は自分の唇を彼のそれに重ねていた。甘くていい匂いのする柔らかな唇。いつまでも吸いついていたかったが、名残惜《なごり》しい気持ちを堪えて離れる。

「俺では駄目か？」

「……え？」と、茫然とした雪弥が一つ瞬いた。

「雪弥は俺と縁を結べばいい。俺はそのつもりで八年間待ち続けたんだ。十八年と比べれば確かに短いが、俺はずっと雪弥のことを想い続けてきた。雪弥のことが好きだ」

真正面から見つめる。ぽかんとしていた雪弥が、一つ間を置いて、ゆるゆると目を瞠るのがわかった。

「初めて出会った八年前のあの夏から、ずっとお前のことだけを考えていた。お前がまた会いに来ると言ったから、ずっとずっとその言葉を信じて待ち続けた。お前に会いたくて、会いたくて、ようやく会えたんだ。恩返しと言ったのは単なる建て前だ。俺はただ、お前の傍にいたかった。次にお前に会ったら、求婚しようと決めていた」

「――！」

「好きだ、雪弥。俺の嫁になってくれ。必ず幸せにすると約束する。俺は絶対にお前に悲しい顔はさせない。お前の笑っている顔が好きだ。あの顔を見ることができるなら何だってする。だから雪弥、俺と一緒になってくれ」

雪弥の手から、食べかけのしゅーくりいむがポトンとズボンの上に落ちた。

「………え、ちょ、ちょっと待って」

急に夢から覚めたみたいに真顔になり、突然あたふたし始める。

「きゅ、求婚って――あれ、冗談じゃなかったのか……？」

「冗談なわけがないだろう。俺はいつだって真剣だ。本当かどうか確かめたければ何度でも言ってやる。俺は雪弥が好きだ。俺の嫁になってくれ。そして、これからは俺のためにしゅーくりいむを作って欲しい」

見つめ合った瞬間、雪弥の顔がボッとみるみるうちに真っ赤に染まった。

「よ、嫁とか、無理だって。俺、男だし。神様だって、ちゃんと性別があるんだから……」

「そんな些細《ささい》なことは気にするな。男だろうと女だろうと、雪弥は雪弥だ。安心して嫁にこい。いや、この場合は俺が婿に入るのか？　どちらにせよ問題ないな。雪弥、大好きだ」

ぐっと身を乗り出すと、ぎょっとした雪弥がすぐさま顔を引く。

「や、やめ……もう、ホントいいから」

耳まで真っ赤にして俯き、逃げるようにして腰を横にずらした。二人の距離があく。一葉はすかさず腰を浮かせて移動し、雪弥にぴたりと寄り添った。

「よくない。今まで冗談だと思われていたとは不本意だ。俺はこんなに雪弥のことが好きなのに」

「！　わ、わかったから、ななな何で寄ってくるんだよ」

「雪弥が逃げるからだ。離れたくない」

「ち、近すぎるって、く、くっつくだろ」

いっそくっつきたい。焦って体を懸命にくねらせる雪弥からは、菓子とはまた別の匂いが漂ってきた。

「いい匂いがする」

一葉はくんくんと鼻を動かした。敏感な嗅覚を誘惑する甘い匂い。雪弥の匂いだ。

「雪弥、大好きだ」

「ちょ、待っ、押すなよ。これ以上はダメだってば。落ちる、か、顔が近い…っ」

「俺の嫁になってくれ。人間はつがいになる時、誓いの接吻《せっぷん》をするのだろう？　さっきのは短すぎた。雪弥、もう一回きちんと接吻を……うぶっ」

べちゃっと乱暴に口に押しつけられたのは、雪弥の柔らかな唇ではなかった。とろりと流れ落ちる感触に、一葉は目をぱちくりとさせる。舌を伸ばし、ぺろりと口周りを舐めると甘い。くりいむだ。

はあはあと息を荒げながら、顔を真っ赤にした雪弥がぺしゃんこに潰れたしゅーくりいむを握り締めていた。

「い、一葉、調子に乗りすぎ！」

キッと睨みつけられる。

一葉はきょとんと首を傾げながら、雪弥の愛は激しくて甘いなと思った。

■5■

狗神様《いぬがみ》に求婚されてしまった。

雪弥《ゆきや》は社務所で販売用のお守りや絵馬を並べながら、悩ましいため息をついた。

最初から「つがい、つがい」としつこく繰り返してはいたが、あれは神様流の一種のコミュニケーションなのだと思っていた。恩返しと言われれば、確かに身に覚えのあることだ。

そのせいもあって、雪弥のことを特別贔屓《ひいき》にしてくれているに違いない。そう解釈して、特に深くは考えなかった。神様に気に入られるとは、何とも光栄な話ではないか。

神様二人、ご利益《りやく》倍増。一葉《いちよう》と紫紺丸《しこんまる》が仲良くしてくれれば、雪弥も嬉《うれ》しい。

そんなふうに思っていたが、どうやらそう呑気《のんき》に構えてはいられないようだ。

昨日のあれは、どう考えても冗談で済ませられるものではなかった。

——好きだ、雪弥。俺の嫁になってくれ。必ず幸せにすると約束する。

一葉の真摯《しんし》な言葉が脳裏に蘇《よみがえ》る。

雪弥は自分の顔が熱くなるのを感じる。昨夜からもう何度思い出したか知れない。意識して考えないようにしていても、ふとした瞬間に頭の中にポンッと蘇ってくるのだ。しかも、家の中には当の本人がいるので、顔を合わせればまたポンッ。声が聞こえただけでポンッ。

今朝も目が覚めたら、いつの間にか布団の中に黒い獣姿《けものすがた》の一葉がもぐりこんでいて、その尖《とが》った鼻先を見ただけで、雪弥は一人赤面してしまった。

プロポーズだけならまだしも、ファーストキスまで狗神様に奪われてしまったのだから、大問題だ。

「……初めてだったのに。あんな不意打ち食らうなんて」

「おい。さっきから何をブツブツ一人で喋《しゃべ》っているんだ」

突然、誰もいないはずの背後から声が聞こえてきて、雪弥はビクッと背筋を伸ばした。

「うわっ」

振り返って、ぎょっとする。白装束を身に纏《まと》った紫紺丸が訝《いぶか》しげな目つきで見ていた。

「コ、コン……なっ、何でこんなところに？」

いつもは社殿の屋根にデンと座っているはずが、滅多にやってこない社務所に姿を見せたので何事かと焦った。

「なぜそんなに慌てる？　さては何か隠し事があるな」

「はっ？　な、ないよ、そんなの。ナイナイ！」

咄嗟《とっさ》に首を横に振った。しかし紫紺丸は、紫水晶を思わせる瞳を限りなく細めて、じいっと雪弥を疑わしげに見つめてくる。気まずさに、思わず視線を横に逸《そ》らしてしまった。

「昨日の夜は随分と遅くまで炊事場の電気がついていたな。お前が一心不乱にシャカシャカとやり出すのは、何か悩み事がある時だ」

ぎくりとする。

「お前が菓子ばかり大量に作るものだから、ゆうべは境内《けいだい》中が甘ったるい匂いに汚染されて随分うなされたぞ。まだ胸焼けがする」

「うっ、ごめん」

「まったく、朝からあんな甘い物を馬鹿ほど食えるのは、あの馬鹿イヌくらいだ」

紫紺丸が窓の外を見やり、鬱陶《うっとう》しそうに眉根を寄せた。雪弥も釣られて目を向ける。

手水舎《ちょうずや》では一葉が乱れた柄杓《ひしゃく》をきちんと並べ直していた。年輩の男性に声をかけられて、挨拶を返している。神社の仕事を進んで手伝ってくれる一葉は、今では近所の人たちから住み込みで働いている若者だと思われているらしい。最近の観光客増加の背景を受けて、特に不自然には映らなかったようだ。一葉もすっかりこの状況に馴染《なじ》んでいて、神社の日常に溶け込んでしまっているのがおかしかった。

紫紺丸が小さく息をついた。

「まあ、和菓子屋の娘のことは縁がなかったと思って諦《あきら》めるんだな」

雪弥は思わず彼を見つめた。

「どうした、そんな間抜けな顔をして。急に泣き出すなよ」

「……あ、いや」

慌てて首を振って、「泣かないよ」と答える。内心では、自分の思考に驚いていた。そういえば昨日、雪弥は失恋したのだ。しかし、そのことを紫紺丸に言われるまで、すっかり忘れていたのである。

十八年越しの片想いだったのに——我ながら能天気すぎて呆《あき》れる。だが、その後にいろいろありすぎて、失恋の悲しみに浸るどころではなかったのだ。

「そっか。紫紺丸も美月《みづき》さんの結婚話を知っていたんだよな」

「……まあな。馬鹿イヌが大騒ぎをしていたからな」

そうかと気づく。紫紺丸は彼なりに雪弥を慰めてくれているのだ。

「まあ、そのうちお前にもいい相手が見つかる」

「そうかな」

「跡取りを作り、この神社を守ってもらわないと困る。だからと言って、あの馬鹿イヌにはほだされるなよ?」

「えっ!?」

思わず声が裏返った。ピクッと狐《きつね》の耳を震わせた紫紺丸が、「まさか、お前」と、ずいっと顔を覗《のぞ》き込んでくる。

「な、何……?」

「あの馬鹿と何かあったのではあるまいな。そういえば、昨日の奴の様子が妙に浮かれていておかしかった」

「き、気のせいだろ。何にもないって。そんなこと、あるわけないだろ。あっ！　あっちで一葉が男の人に話しかけられてる。何かあったのかな――」

逃げるようにして社務所を出た。窓に張りついてこっちを見ている紫紺丸には気づかないフリを決め込む。彼の姿は一般の参拝客の目には映らない。雪弥だけに見えているのをいいことに、紫紺丸は容赦なくガンを飛ばしてくる。

「雪弥！」

その時、一葉が血相を変えて駆け寄ってきた。

「た、助けてくれ、異国の人間がわけのわからないことを言って追いかけてくる」

「異国の人間？」

大柄な体を丸めるようにして細身の雪弥の背中に隠れた一葉が、「あいつだ」と顎《あご》をしゃくって示した。見ると、手水舎の前に一人の外国人が立っている。こっちを見て、困ったように頭を掻《か》いてみせた。

「何か訊《き》かれたのか？」

「わからん。とにかく、ベラベラと異国の言葉を喋りながら俺に近づいてきたんだ。恐ろしくなって逃げてきた」

神様が何を言っているんだか。雪弥は背中で怯《おび》えている一葉に半ば呆れつつ、小走りで外国人男性のもとへ急いだ。後ろからついてきた一葉が、松の木に隠れて様子を窺《うかが》っている。

「どうかされましたか」

訊《たず》ねると、男性は雪弥を見てホッとしたように表情を弛《ゆる》めた。

白衣《はくえ》に袴《はかま》を穿《は》いた姿を見て、神社の関係者だと察したのだろう。彼は持っていた雑誌を見せてきた。写真を指差し、訊ねられる。英語だ。比較的ゆっくりと話してくれたので、何とか雪弥でも聞き取れた。

どうやら絵馬が欲しいらしい。英字の旅行誌に載っていたのは、絵馬を奉納する写真だ。

雪弥は彼を社務所まで案内する。拙《つたな》い英語で絵馬の書き方を教えて、奉納場所まで付き添った。最後に一緒に写真を頼まれて、ちょうど社殿の前にいた父に撮ってもらう。父とも撮りたそうにしていたので、交代してシャッターを切った。興奮気味の彼は神職の装束がよほど気に入ったらしい。お礼を言われて握手までした。

外国人参拝客と別れた後、遠くから様子を見守っていた一葉が寄ってきた。

「雪弥、お前すごいな。あんな異国の言葉がわかるのか」

尊敬の眼差《まなざ》しを向けられて、雪弥は苦笑した。

「あれくらいなら全然すごくないって。ちょっと離れているけど、温泉街があってさ。こっちにまで足を延ばしてくれる海外からの観光客も増えて、徐々に慣れてきたってだけだよ」

「そんなことないぞ。俺はもう、あの言葉を耳にしただけで目が回りそうだったからな。雪弥はかっこよかった。ますます惚《ほ》れ直した」

「――！」

ドキッとした。一葉がここにやってきてからというもの、雪弥は普段耳慣れない言葉を彼からいくつも受け取っていた。かわいい、好きだ、つがいになってくれ。神様の言うことなので、いちいち反論もしなかったし、全部笑って受け流していたけれど、今になって初めて言葉たちが意味を持って雪弥の胸にぶつかってくる。

ますます惚れ直した――一葉の声を反芻《はんすう》すると、ドキドキした。

「なあ、雪弥」

一葉が長身を屈《かが》めるようにして、雪弥の顔をじっと覗き込んでくる。

昨日、男の雪弥相手にあんなにも熱烈なプロポーズをした当の本人は、普段からこの調子なので今日も何ら変わりない。心臓を妖《あや》しく撥《は》ね上げているのは雪弥だけだ。

「な、何だよ」

「俺とでえとをしよう」

にっこりと屈託のない笑顔で誘われて、雪弥は一瞬きょとんとしてしまった。

「……何で、デートなんだよ」

「好きな相手と出かけることを『でえと』と言うのだろう？　俺は雪弥が好きだ。だから雪弥とでえとをしたい」

「！」

恥ずかしげもなく言ってのける一葉の代わりに、なぜか雪弥が顔を熱くする羽目になる。

「む、無理だよ」

「なぜだ？」

「……も、もうすぐ、お祭りがあるし。いろいろと準備に忙しいんだ」

「祭り？」一葉が目をぱちくりとさせた。「祭りがあるのか。そうか、それなら仕方ないな」

意外なほど聞き分けがよく、あっさりと頷《うなず》く。

「祭りはいい。民が大勢集まり、賑《にぎ》やかなのはいいことだ」

ほんの一瞬、彼が遠い目をした。

「ここの社《やしろ》が好かれている証《あか》しだからな」

「一葉は……」

その時、参道を歩く二人連れの女性たちの会話が聞こえてくる。「黒い犬がいるって、この神社だよね」「どこにいるんだろう」

雪弥と一葉は無言で顔を見合わせた。

一葉がふうと諦めたように息をついて、社務所の裏に姿を消す。数秒後、立派な黒い獣《じゅう》毛《もう》を纏い、ふさふさの尻尾《しっぽ》を振りながら現れた。

最近、ネット上でひそかに広まりつつある椽坂《くぬぎざか》神社の黒犬様目当ての観光客が増えている。

誰が言い出したか知らないが、黒い獣毛を撫でると幸運が訪れるという噂だ。福を運ぶ黒犬様のおかげで、去年のこの時期と比べると参拝客が急増していた。父と老舗《しにせ》和菓子店の【きぬい堂】の主人との間で話が盛り上がり、近々黒犬様とお狐様の饅頭《まんじゅう》セットを販売する計画があるとかないとか。

とにもかくにも、黒い獣姿の一葉はもふもふしていてかわいいのだ。

「一葉様、よろしくお願いします」

もふもふの背中を撫でて和みつつ、雪弥は冗談めかして頭を下げる。恒例の黒犬様と境内を回る参拝ツアーだ。他の人には見えないが、紫紺丸もすでに賽銭箱《さいせんばこ》の横で待機している。

一葉がツンと尖った鼻を上に向けて、ワフッと得意げに吼《ほ》えた。

十月も中旬になり、今年も秋の大祭がやってきた。

秋季例大祭は、秋の収穫を祝い、感謝する神祭りだ。稲荷《いなり》神を祀《まつ》る橡坂神社において、一年で一番大掛かりな行事ともいえる。

今月に入ってからは定期的に地元の祭典運営委員会の人たちが集まって、着々と準備を進めてきた。もちろん、父と雪弥も神社の通常業務を終えた後は手分けしてあちこちに顔を出し、また雑用も増えるため、いつも以上に忙しい日々が過ぎていった。

毎年秋祭りの前は、大体こんな調子だ。体調管理に気をつけなければと合言葉のように父と言い合って乗り切ってきたが、今年は少し違う。

「おかえり、雪弥。今日も遅くまでご苦労だったな。飯ができているぞ。風呂も沸いているから、先に入ってさっぱりしてこい」

くたくたになって帰宅すると、割烹着《かっぽうぎ》姿の一葉が出迎えてくれるのだ。自称『森本家《もりもと》のお婿《むこ》さん』の一葉が、雪弥たちに代わって家の中のことを引き受けてくれるので、本当に助かっていた。

毎年この時期になると、雪弥は決まって考えることがある。早くお嫁さんが欲しい——忙しさのあまり、つい夢を見てしまうのだけれど、今年はそれが一度もない。意外なほどマメな一葉が雪弥を甘やかし、せっせと世話を焼いてくれるからだ。神様なのに悪いなと思いつつ、至れり尽くせりの生活に甘えてしまう。一葉もそれを嬉しそうに受け入れているので、具だくさんの温かい豚汁《とんじる》を啜《すす》りながら、つい「これならお婿さんをもらうのもいいな」とまで考えてしまったことは内緒だ。

祭り当日。

朝から澄んだ秋晴れの空が広がっていた。

神社から商店街に続く通りには多くの幟《のぼり》がはためき、午後には青年団が中心となって神輿《みこし》を担いで回るのだ。様々な露店も立ち並び、正午を過ぎる頃には大勢の人たちが参道を埋め尽くしていた。日曜なので子どもの姿も多く、いつにない賑わいを見せている。

装束を着た雪弥は、朝から慌《あわただ》しく動き回っていた。

今日は臨時のアルバイトが入ってくれているので、お守りやおみくじなどの授与品は任せている。

祭りに合わせてやってくる観光客もいて、一葉も黒犬様に変化し、今日は朝から働きっぱなしだ。紫紺丸は拝殿の屋根の上からじっと境内の様子を見守ってくれている。これがここの守り神である彼の仕事である。何かあればすぐに雪弥に教えてくれるので、警備の意味でも頼りにしていた。

ようやく少し手があいて、雪弥は一葉の姿を探した。

頑張ってくれているが、そろそろ休憩をさせてあげないとさすがに気の毒だ。

先ほどまで社務所の傍《そば》で若い女性客に囲まれていたが、いつの間にかいなくなっている。どこに行ったのだろうか。人込みを掻き分けながら境内をキョロキョロと探して回る。ひとけのない敷地の奥にある蔵の周辺を歩いていると、「雪弥」と呼び止められた。

声は頭上からのものだ。見上げると、高い蔵の屋根から一葉が見下ろしていた。

「そんなところにいたのか」

どうりで見つからないわけだ。

耳と尻尾を生やして着流し姿に変化した一葉が、次の瞬間、ぴょんと飛び下りる。三メートル以上もある高さから、まるで羽でも生えているかのように軽々と着地を決めた。

「雪弥、博嗣《ひろつぐ》からりんご飴をもらったんだ。一緒に食おう」

「へえ、りんご飴。そういえば出店で売ってたな……え？　ちょっと一葉、何するんだよ」

突然、一葉が雪弥を抱き上げた。

「りんご飴はこの上だ。しっかり摑《つか》まってろよ」

「え――うわっ」

雪弥を横抱きにしたまま、一葉がぶわっと跳び上がる。風の中を突き抜けるようにして、辺りの景色が上から下へと急速に流れてゆく。

気づくと、雪弥はもう蔵の屋根の上にいた。空が近い。眼下には神社を囲む森林が広がっていて、いつも見上げる木の枝が自分の足もとよりも低い位置にある。

「すごい……！」

自分の足で立ち、初めて見下ろす景色に感動した。

「一葉やコンは、いつもこんな風景を見てるんだな」

「今まであのキツネに乗せてもらったことはないのか？」

「うん。小さい頃に何度も頼んだんだけど、危ないからダメだって」

「奴は過保護だからな。お前のことがかわいくて仕方ないんだ。まあ、俺の方がその何倍も雪弥のことをかわいいと思っているけどな」

「……な、何を言ってるんだか」

並んで腰を下ろし、りんご飴を舐《な》めた。祭りのたびに見かけるが、実際に食べたのは何年ぶりだろう。赤く着色された飴に陽光が反射してキラキラと輝いている。一葉が「これは昔から変わらないな」と、呟《つぶや》いた。

「へえ、一葉もりんご飴を食べたことがあるんだ？」

「ああ。昔はあの村も、春夏秋と定期的に祭りを行っていたからな。『一葉《ひとつは》神社』までの山道に灯籠《とうろう》や提灯《ちょうちん》をたくさん並べて、人が大勢やって来て賑やかだった」

一葉が懐かしげに目を細める。

「その風習も、いつの間にか廃《すた》れたけどな」

「……祭りがなくなったのか？」

「そのようだな。何せ、神を祀る社がボロボロの状態だ。信仰する民もいない。村の繁栄を願って社を建てておきながら、今では見向きもしない。笑えるだろう、神を放置だ。村の人口は減る一方で、皆、何のための祭りなのかわからなくなってきたんじゃないか？」

雪弥はドキッとする。彼のこんな表情は初めて見るかもしれない。いつもの屈託のない笑顔ではない、自嘲《じちょう》めいた笑みに、何と言っていいのか戸惑った。

「あの阿呆キツネは幸せ者だな」

胡座を掻いた一葉が、蔵の上から少し離れた参道を眺めて言った。

「こうやって大勢の人々が集まり、感謝を捧げてくれる。人に忘れられるというのは、寂しいものだ」

雪弥は思わず一葉の横顔を見つめた。

初めて出会った八年前のあの夏から、ずっとお前のことだけを考えていた——彼の声が蘇った。

——お前がまた会いに来ると言ったから、ずっとずっとその言葉を信じて待ち続けた。

村人だけではない。雪弥もまた、一葉を忘れていた一人なのだと気づく。

当時高校生だった雪弥は、怪我《けが》を負って人間を敵視していた一葉が、自分に懐いてくれたことがことのほか嬉しかった。かわいがっていたし、別れるのはひどく辛《つら》かった。また来年も会いに来るから——そんな約束を交わしたかもしれない。

けれども夏休みが終わると共に、田舎《いなか》の祖父の家で暮らした日々はいい思い出として心に残り、すぐに慌しい日常に戻っていった。それでもしばらくの間は、ふとした瞬間に、クロスケと名づけた大型犬のことを思い浮かべることがあったはずだ。しかしそれも、日々に追われるうちに徐々に思い出すこともなくなってしまった。

もし、祖父の葬儀がなければ、彼との再会は果たせなかったかもしれない。自分の薄情さにほとほと腹が立つ。

人に忘れられるというのは、寂しいものだ——一葉の言葉が胸に刺さった。

「一葉、ごめん」

「？」

漆黒の瞳が雪弥を捉《とら》える。怪訝《けげん》そうに首を傾《かし》げる仕草が、なぜだか毎日尻尾を振って雪弥を待っていた当時のクロスケの姿と重なって、胸が詰まった。

「俺、一葉に会いに行くって約束したのに、守らなかった。忘れてたんだ。それなのに、一葉は、八年間もずっと俺のことを忘れないで待っていてくれたんだな」

一瞬面食らったような顔をした一葉が、ふっと微笑《ほほえ》んだ。

「俺が雪弥のことを忘れるわけがないだろ？　ずっと待っていた。だが、本当は薄々気づいていたんだ。お前は、俺との約束などもうすっかり忘れてしまったのかもしれない、と」

「……」

「人間の言葉は幻のようなものだからな。曖昧《あいまい》で不確定だ。ましてや犬相手に約束も何もないだろう。それでも、信じてみたかったんだ」

「本当に、ごめん」

情けない自分が歯痒《はがゆ》くて、ぐっと手のひらを握り締めた。浅葱《あさぎ》の袴に皺《しわ》が寄る。

「何を謝るんだ」と、一葉が俯《うつむ》いた雪弥の頭を優しく撫でた。

「お前は俺に会いに来てくれただろう？　ちゃんと約束を守ったじゃないか」

「でもあれは……っ、偶然だから」

一葉に会いに行ったわけではない。あんなのは約束を守ったとはいえない。

「それでも、お前は会いに来てくれた。俺はとても嬉しかった。それが全部だ」

頭を撫でる手のぬくもりに、きゅんと胸が騒いだ。

「雪弥が俺の名前を呼んでくれた時は、本当に嬉しかった。忘れられていなかったとわかって、安堵《あんど》した。信じていると同時に、心のどこかではずっと不安だったんだ。誰の記憶にも残らず、お前にまで忘れられたら、俺はこのまま消えてしまうかもしれない。そう思って、覚悟もしていた。だから今、こうやってお前と一緒にいられることが夢のようなんだ」

雪弥はハッと顔を上げた。一葉と目が合う。自分を見つめる彼の目に、疑いようもない愛情を感じ取る。カアッと首筋に血が上るのが自分でもわかった。

「俺は、キツネに負けないくらい幸せ者だな」

「――――！」

嬉しそうに笑う一葉を見た瞬間、ぎゅっと心臓が摑まれたかのように苦しくなった。頰《ほお》が熱くなり、心拍が一気に跳ね上がる。何だ、これ――雪弥は自分の体内の変化に激しく動揺した。こんなことは初めてで大いに狼狽《うろた》える。

「雪弥、どうした？　顔が赤いぞ」

「え？」

我に返った途端、視界いっぱいに一葉の顔が広がってぎょっとする。思わず悲鳴を上げそうになった。心臓がバクバクと聞いたことのない音を立てる。焦って挙動不審になる。

一葉が心配そうに見つめてくる。

真《ま》っ直《す》ぐな視線に搦《から》め捕《と》られて、体温がどっと上がった。どうしよう。彼の目を意識すればするほど、頬が火照《ほて》る。困った、どうすればいい？

「りっ」雪弥は咄嗟に苦しい言い訳をした。「りんご飴を食べたからだよ、きっと」

数瞬、沈黙があった。

「そうなのか⁉」

しかしそこは、ある意味子どもより純粋な一葉だ。

初めて知ったとばかりに目を丸くして、半分になったりんご飴とますます赤らむ雪弥の顔をしげしげと見比べる。

「雪弥、雪弥。俺の顔も真っ赤か？」

「……う、うん。結構、真っ赤かな」

「本当か！」

ぺたぺたと自分の顔を触りつつ、興味深そうにりんご飴を舐めている。

騙《だま》されてくれて助かった——雪弥はホッと胸を撫で下ろした。まだドキドキが収まらない。

舌を突き出し、薄い飴の膜を舐め溶かすことに集中する。シャリシャリと前歯でりんごを齧《かじ》りながら、チラッと横目に一葉の横顔を窺った。

「うん？　どうした、雪弥」

なぜかバチッと目が合って、その瞬間、雪弥の心臓は神楽太鼓《かぐらだいこ》のようにドンドコと高鳴り始めた。やっぱり変だ！　原因不明の妖しい動悸《どうき》に息を弾ませる。

「りんご飴の食べすぎか？　耳まで真っ赤だぞ」

首を傾げながらさりげなく距離を詰めてこようとする一葉を必死に押し返し、雪弥は「大丈夫、大丈夫だから」と首が痛くなるほど左右に振り続けた。

6

秋祭りも無事に終わり、雪弥たちの仕事はひとまず平常運転に戻った。

十月も終わりに近づく頃から七五三詣《もうで》が増えるので、またしばらく忙しくなる。十一月には新嘗祭《にいなめさい》が控えており、それが過ぎればもう師走《しわす》。一年があっという間だ。

ゆったりとした時間が流れている昼間の神社の境内には、数人の参拝客が見受けられる。平日なので、女子大学生風のグループとOLらしい二人連れ。一人旅を満喫している感じの若い男性に、中年夫婦が一組。

参道の脇で、黒犬様――もとい一葉が、女の子たちに囲まれていた。

すっかり人気者になり、商店街のパン屋ではとうとう『黒犬様のおみくじクッキー』なるものが発売されてしまった。これに先を越されたと焦った和菓子屋【きぬい堂】の主人は、現在大急ぎで『黒犬様とお狐様の御縁饅頭』の販売計画を進めているらしい。

当の本人たちは、相変わらずだ。

朝起きると、なぜか雪弥の布団の中で黒い獣がスピースピーと鼻を鳴らして寝ているし、三回に一回は白狐も紛れ込んでいる。部屋には二人が争った痕跡《こんせき》らしきものが見つかることもあるが、秋も深まり、夜が冷えるようになると、もふもふたちは湯たんぽ代わりになるのだ。間に挟まれていると、あたたかくて安眠を誘われる。

食事の席には自然と四人が揃《そろ》い、研究熱心な一葉の料理の腕はめきめきと上がっていた。もう茶色ばかりの食卓とは言わせないとばかりに、和洋中をものにし、昨日の夕食にはこんがりと焼き色のついたラザニアがお目見えした。「どうだ、らざにあとやらを作ってみたぞ！」――やっぱり発音はひらがなだったが。

一方で、彼は神社の仕事もよく手伝ってくれる。参拝客に撫でられすぎて、自慢の獣毛がごわつくのが悩みらしい。

調べてみると、一般的に犬は一ヶ月に一～二回のシャンプーが適当なようだ。濡《ぬ》れること自体がストレスになったり、洗いすぎると必要な油分がなくなり、かえって毛質が悪くなったりするのだとか。

しかし、一葉は毎日自発的に風呂に入るし、むしろ入浴タイムは彼のお気に入りである。お狗様と哺乳類の犬を一緒にしてはいけなかった。一日働いた後は黒犬の姿でもシャワーを浴びたいらしく、それならと、雪弥はお疲れ様の感謝の気持ちも込めて一葉をシャンプーしてやるのが日課になっていた。気持ちよさそうに目を瞑《つぶ》り、おとなしく洗われている一葉を見ていると、こちらも思わず頬が弛んでしまう。

きっかけは、一緒にりんご飴を食べたあの時だろうか。

以来、一葉に対する情が日に日に深くなっていくような気がして、雪弥は戸惑っていた。

長く身を寄せていた山を離れて、雪弥についてきた一葉。

今では当たり前のように傍にいるが、もしどこかの分岐点で何かが少しでもずれていたならば、彼の存在自体がこの世界から消えてしまっていたかもしれない。そんな恐ろしい未来もあったのだと知ると、雪弥は自分が彼のことを忘れていなくて本当によかったと、心の底から思ったのだった。

一葉は相変わらず雪弥の世話を焼きたがる。それまでの雪弥は、一葉の好意をあまり深く考えずに与えられるまま受け取っていたが、少し意識が変わってきた。雪弥も彼のために何かしてあげたいと思う。

それが、先日の異常な胸の動悸とどう関係しているのかはあまり突き詰めて考えたくはないが、とにかく、今一番雪弥の心を摑んでいるのが一葉であることは間違いなかった。

いつの間にか一葉は人の姿に変化していて、境内を散歩していた。ハトが溜《た》まっている場所にふらりと近づいて行き、何を思ったのか彼らと一緒になってしゃがみ込んでいる。ハトもまったく逃げる素振《そぶ》りを見せない。何だろう、妙に心和む風景だ。

その時、二人連れの女性が一葉に声をかけた。途端、バサバサバサッとハトが一斉《いっせい》に羽ばたく。しゃがんでいた一葉が立ち上がる。長身の一葉を見上げて、彼女たちの目が明らかに媚《こ》びた光を放つ。

雪弥は思わずむっとした。ここ最近になって、人間の姿の一葉にまで声をかける女性参拝者の姿を、度々《たびたび》目撃するようになった。

一葉は確かに女受けする外見をしていると思うし、中身が神様のせいか独特の雰囲気を纏っている。それが神社という厳かな場所にしっくりとはまっていて、そこにいるだけで人目を惹《ひ》くのだ。彼女たちが一葉に興味をもつのもわからないでもない。だから別に咎《とが》めるつもりはないのだが、いつもこの光景を目にすると何となく胸の辺りがもやもやする。黒犬様が女の子たちに囲まれている様子は微笑ましいと思うのに、人間の姿の一葉が同じ状況にいると、あまりいい気がしない。もてない男の僻《ひが》みだろうか。

夕拝を済ませた後、社務所で雑用をしていると、「ちょっといいか」と父が入ってきた。

「うん。何かあった？」

算盤《そろばん》を弾《はじ》く手を止める。電卓もあるが、雪弥は小学校の頃から習っていた算盤の方が扱いやすくてこちらを使っていた。

「秋祭りはご苦労だったな」

「え、どうしたの？　もうあれから一週間近くも経つのに改めて」

打ち上げもしたし、祭りで忙しかった頭を切り替えたばかりである。

「いや、今月は忙しくてろくに休みをやれなかったからな。次の日曜日は休んでいいぞ。その、何だ。いい人でも誘って、どこかに出かけてきたらどうだ」

父の唐突な提案に、雪弥はぽかんとした。

「仕事に真面目《まじめ》なのはいいことだが、お前もまだ若いんだ。日曜はいい天気になるみたいだから、楽しんでこい。あまりほったらかしにしていると、すぐにフラレるぞ」

「え……？」

思わず訊き返した雪弥の肩をポンポンと叩き、大きく頷いた父は社務所を出て行った。

話が見えない。雪弥は呆気《あっけ》にとられながら、父の言葉を反芻する。どうやら勘違いしているようだ。まるで息子に交際相手がいることが前提の話し振りだった。

「また、どこかから変な噂を吹き込まれたのかな？」

一年くらい前にも、似たようなことがあった。雪弥が女性と一緒に歩いていた――という目撃情報を、父が町内会の集まりで聞きつけてきたのだ。当時は「そういう人がいるならちゃんと紹介しなさい」と、真面目な顔で言われたのだった。もちろん、雪弥には身に覚えのない話である。

今回もどうせそんなところだろう。

「誘う相手なんていないって。美月さんには失恋したばっかだし。父さんも、いつも地味に俺の心を抉《えぐ》ってくるよな」

呟いて、ボールペンを指先でくるくる回す。

そういえば、美月の挙式が来年の二月に決まったと風の噂で聞いた。不思議なもので、雪弥は特に何とも思わなかった。しいて言うなら、幸せになって欲しいな――だろうか。その話を聞いた時、確か一葉も傍にいたのだ。雪弥よりもよほど気まずい顔をして、そわそわと落ち着きのない様子だったのを覚えている。あれは明らかに気を使っていた。いまだに雪弥が、美月のことを吹っ切れていないとでも思っているのだろうか。

「今更ショックなんて受けるわけないのに……」

その時、コンコンと窓が鳴った。

ハッと見ると、外に一葉が立っていた。正に今、彼のことを考えていたので、雪弥は大いに焦る。調子よく回っていたボールペンが、明後日《あさって》の方向へピョーンと飛んでいった。

慌てて窓を開ける。外はもう薄暗く、紺色の空に半月が浮かんでいた。

「どうしたんだ？」

「博嗣が雪弥はここにいると言っていたから、迎えに来た。まだ仕事が終わらないのか？」

桟《さん》に手をつき、身を乗り出して訊いてくる。一瞬、顔が間近に迫って、ぎょっとした雪弥は急いで一歩引いた。

「あ、うん。もう済んだよ」

「そうか」一葉が嬉しそうに笑う。「飯の仕度ができてるぞ。今日は雪弥の好きなぐらたんを作ったんだ。魚屋と八百屋のおやじが勧めるから、鮭《さけ》とキノコのぐらたんだ」

いつの間にか買い物の仕方も覚えて、一葉はすっかり人間社会に馴染んでいた。本当に変な神様だと思う。人間と一線を引いている紫紺丸とは対照的で、神様らしくないところが彼の魅力なのかもしれない。雪弥はそんな人間臭い一葉が好きだ。

「……あのさ」

「うん？」

「今度の日曜、休みをもらえることになったんだ」

雪弥は伝票の束を片付けながら、さりげないふうを装って言った。

「それで、天気もいいみたいだし、海に行ってみようかと思ってるんだ。案外、ここから近いんだよ。電車とか乗らなくても自転車で行ける距離だし。俺も運動不足だから、ちょうどいい運動になるだろうし。一葉も、一緒に行ってみる？」

一瞬、間があって、一葉がぱあっと目を輝かせた。

「それは、でえとをするということか！」

「うっ……いや、デートとか、そういうんじゃなくて……」

「行くぞ、雪弥と一緒に海へ行く！　よし、日曜は雪弥とでえとだな！」

だから、デートじゃなくて——雪弥は口をまごつかせたが、一葉のあまりの喜びようにすべて掻き消されてしまう。しまいには、ポンッと三角耳と尻尾まで出現した。

嬉しそうに揺れるふさふさ尻尾を見て、雪弥も笑ってしまった。

天気予報どおり、日曜は朝から快晴だった。

物置小屋から自転車を出し、裏門まで押していく。門の前では一葉が待ち構えていた。

『遅いぞ、雪弥』

小さな黒犬が尻尾を振って、落ち着きなく動き回っている。

今日は自転車移動なので、一葉には海に到着するまで一番コンパクトなバージョンに変化してもらった。これなら自転車のカゴにもすっぽりおさまる。

「ごめんごめん。あれ、何を持ってるんだ？」

一葉が首に何やらぶらさげている。

『そうだった。雪弥、これを俺に装着してくれ』

「装着？」

見ると、古いバイクゴーグルだ。

「こんな物をどこから持ってきたんだよ」

雪弥が訊くと、一葉は『拾った』と答えた。

『カッコイイだろ。早く着けてくれ』

カッコイイかどうかは別として、どこでゴーグルの存在を知ったのだろうか。一葉がどこかから拾ってきたそれは、黒とゴールドのシンプルな型だが細かい傷が無数についていて、ゴムバンドも伸び切っていた。元の持ち主は、もう使いものにならないと判断して処分したのだろう。これでは顔に着けてもすぐに首まで落ちてしまう。

雪弥は一旦家に戻り、ハサミでバンド部分の真ん中を切った。再び結び合わせて、ちょうどよい長さに調整する。希望通り、一葉の頭部に装着してやった。

『おおっ！』

一葉が興奮気味に声を上げる。黒い獣毛に、ゴールドに縁取られたゴーグルがピカッと映える。意外と悪くない。

ゴーグルを着けて準備万端の一葉をカゴに乗せ、雪弥はペダルを思いっきり踏んだ。

普段は原付バイクや車での移動が主なので、自転車を漕《こ》ぐのは祖父の葬儀以来だ。

十月もあと少しで終わるが、今日の日中の気温は二十度を超えるらしい。真夏ほど太陽の日差《ひざ》しはきつくなく、顔に当たる風は気持ちいいが、すでにシャツの下は汗ばんでいた。海に到着する頃には汗だくになっているかもしれない。

一葉もカゴの縁に前肢《まえあし》をのせて、風を感じている。黒い獣毛が秋風になびき、そよそよと気持ちよさそうに揺れていた。

三十分ほど走ると、潮の匂いが強くなってきた。

踏み切りを越えれば、もうその先は海だ。

海岸沿いの道路を渡り、砂浜に下りる階段の脇に自転車を止めた。天気がいいのでちらほらと人の姿が見受けられる。飼い犬と散歩をしている人もいる。

「はい、到着」

一葉はカゴから身を乗り出して青い水平線を見つめている。

抱き上げて移動し、砂浜に下ろしてやると、まず足元の砂の感触にびっくりしたようだ。さくさくと歩くたびに肉球が埋まるのが興味深いらしい。

『山の土は湿り気を帯びているからな。こんなに乾いてさらさらの土は初めてだ。気持ちがいいな』

はしゃぐ一葉のゴーグルを外してやる。顔の毛に跡がついていたが、それはそれでかわいいので放っておいた。

『雪弥、人間の姿になってもいいか?』

「いいけど……それじゃ、そっちの階段の陰に行こうか」

人影はまばらでこちらを気にするような人もいないが、念のために移動する。コンクリートの壁と雪弥の体で囲いを作り、その中でぶるりと小さな獣の体を震わせた一葉は、あっという間に人間の姿に変化した。服装はこっちに来て最初に購入したTシャツとジーンズだ。

スニーカーを履いていると砂浜を歩きにくいようで、一葉は「足が持っていかれる」と言って、雪弥のシャツを摑んで慎重に歩を進めていた。ようやく海辺に辿《たど》り着く。白波を立てながら押し寄せてくる広大な海原を初めて目《ま》の当たりにした一葉は、言葉を失ってしまったようだった。

「すごいな、これは」一葉が圧倒されたみたいに言った。「これが海なのか。本当にあの向こう側まで全部水なのか？」

「うん。水って言っても、海水だからね。しょっぱいよ」

「味がついているのか⁉　誰がこんな大量の水を味付けしたんだ？」

　当たり前のことをいちいち驚く姿が新鮮で、雪弥はおかしくて吹き出してしまった。長く生きていても山から出たことがなかった一葉は、知識が極端に偏っている。神様なのに、案外知らないことが多いのだ。それでも雪弥と一緒に暮らすうちに、現代の人間社会の情報に随分と詳しくなった。今日で海もクリアだ。これからもっといろんな物を見て、触れさせてあげたいなと思う。

「さすがにもう泳げないけど、足だけなら中に入ってみようか。暑いし、海に浸かったら気持ちいいよ」

　雪弥はスニーカーと靴下を脱ぐと、チノパンの裾《すそ》を大胆に捲《まく》り上げる。きょとんと見ていた一葉も、急いで真似をし始めた。スニーカーを脱ぎ捨て、素足になる。なぜか靴下は履いていなかった。雪弥は跪《ひざまず》いて、ジーンズの裾を一生懸命に上げようとしていたが、なかなか上手《うま》くいかないらしい。雪弥は跪いて、一葉の裾を脹脛《ふくらはぎ》の上まで折り返してやる。

「行こう、一葉」

　手を引いて、波打ち際に誘導する。海水を含んで色が濃く染まった砂は、足の裏で踏むとしっとりと僅《わず》かに沈んだ。

波が打ち寄せてきて、足首まで海水に浸かる。

「おう！」と、一葉がびっくりしたみたいな声を上げた。

「な、何だこいつらは！　雪弥、この下に何かがいるぞ。足を引っ張ってくる」

慌てて砂浜まで引き返す一葉を、雪弥は笑いながら「大丈夫だって」と呼び戻す。

「何もいないよ。海の水が引いていく時に、砂も一緒に移動するんだよ。それが引っ張られるみたいに感じるんだ」

怖々《こわごわ》と戻ってきた一葉が、何か不気味なモノでも見るかのような目で雪弥の足元をじっと見つめている。「本当に大丈夫なんだろうな？」と、疑い深く訊いてくるところが、図体《ずうたい》はでかいくせして妙にかわいい。

笑って手を差し出すと、一葉がバツの悪そうな顔をしつつもぎゅっと手を握ってきた。

そうっと海水に足をつける。足の裏で砂が動く感触に慣れないようで、つないだ手に思わず力が入るのがわかった。

「この土の中に小さなイキモノが無数にいて、一斉に俺の足を引っ張って水の中に引きずり込もうとしているみたいだ」

何となく、その小さなイキモノを紫紺丸でイメージしてしまった。砂の中から顔を出したたくさんのチビコンたちが、リーダーの合図で怯える一葉の足を一斉に引っ張っているところを想像する。楽しそうだ。

「海とは、冷たくて気持ちがいいものだな」

徐々に波の動きにも慣れてきたのだろう。一葉が落ち着いたみたいに言った。うーんと伸びをする。雪弥も倣《なら》った。海風が顔に吹きつける。秋の陽光は清々《すがすが》しく、本当に気持ちがいい。汗ばんで温度の上がった体を、海水が足元から冷やしてくれる。

「雪弥とのでえとは楽しいな」

一葉が言った。

「この前のえいがとやらも不思議な仕組みだった。海は太古から存在するが、俺は雪弥と出会わなければ、この先もずっとこの風景を知らずに過ごしていたのだろうな。その前に消えていたかもしれないが」

冗談っぽく付け足された最後の呟きに、自嘲めいた響きは感じられなかった。心から楽しんでいる様子が伝わってくる。

俺も楽しい——雪弥は思った。美月との初デートを取りつけて舞い上がっていた、あの時のふわふわと雲の上を歩いているような気分とはまた違う。一葉と一緒にいると、心地よい安心感に包まれる。

美月とのデートは、待ち合わせ場所から食事をするレストラン、周辺施設、お茶をするカフェまで、とにかく彼女に気に入ってもらえるように雑誌やネットで徹底的に情報収集を行った。前日は緊張で眠れなかったし、着る服もぎりぎりまで悩んだ。

一葉と海に出かけることを決めてからは、特に調べることをしなかった。海を知らない一葉に、とにかくそれを見せてやりたかったのだ。初めての海を前にして、彼がどんな反応をするか。それを想像するだけでわくわくした。想像通りの彼の喜びようと初体験の戸惑いを隣で見ることができて、雪弥はとても満足していた。楽しい。すごく楽しい。雪弥は、自分が思っているよりもずっと、一葉と一緒にいる時間が好きなのかもしれない。

結局、美月とのデートは本人ではなかったし、女性との交際経験が皆無の雪弥にとって、デートというものはいまだ未知の領域だった。今日のこれだって、どちらかといえば男友達と遊びに出かける感覚に近い。

だが、男友達とキスはしないし、プロポーズだってされない。一葉は雪弥のことを最初から好きだと言い続けていて、彼の言うそれはつがいになりたいという意味だ。

では、雪弥は彼のことをどう思っているのだろうか。

考えた途端、正常だった心拍が妖しく跳ね上がった。

——あ、あれ？

ドキドキと胸が高鳴りだした。一旦引いたはずの熱がぶりかえし、肌をカッカと火照らせる。何だ、これは。そういえばと思い出す。つい最近も、この原因不明の動悸を経験したばかりだ。何かの病気？　いや、あの時も隣には一葉がいて……。

「――だと思わないか、雪弥。雪弥？　どうした」

茫然《ぼうぜん》と海を映していた目に、いきなり一葉の端整な顔が現れる。雪弥は瞬時に現実に引き戻された。

「ひっ……うわっ」

首を反らした拍子に、足をとられる。ちょうど波が引いて、足の指が黒っぽい砂に埋まっていた。たたらを踏みかけて、砂が重くて踝《くるぶし》から先が上手く動かない。足を捕らわれたまま、尻から仰向《あおむ》けに倒れそうになる。視界がぐるりと回り、青い空が映る。

「おっと」

尻餅《しりもち》をつくことを覚悟したが、そうはならなかった。寸前で一葉が雪弥の腰に腕を回し、引き寄せてくれたからだ。

「大丈夫か、雪弥」

「あ、ありがとう。助かった」

咄嗟に一葉のTシャツを摑んでしまった手を離す。自分の足で立とうとして、なぜか一葉がぴったりと雪弥の腰を抱き寄せていることに戸惑いを覚える。

「一葉、もう大丈夫だから。腕、よけてくれないと俺が立てない……」

「なあ、雪弥」一葉が真顔で言った。「接吻《せっぷん》のことを、現代の人間は何と言うんだ？」

青い空と海を背景に、突然そんなことを訊かれて、雪弥は目をぱちくりとさせる。

「……せっ、接吻？」

動揺して、声が裏返った。「せ、接吻って何でそんな……うっ、えっと、キ、キス……？」

「き、きす？」

「……いや、キス……だと思う」

「きす、か」

なるほどと頷き、そして彼はまたとんでもないことを言い出した。

「雪弥、きすをしてもいいか？」

「は？」

「今、無性に雪弥ときすがしたい。潮の匂いに紛れていたが、雪弥の匂いを嗅《か》いでムラムラしてきた」

一葉の顔がぐいぐいと間近に迫る。ぎょっとした雪弥は焦った。何せ腰を捕らわれたままなので、背を反らして顔を逃がそうにも限界がある。思い切り手を突っ張った。

「な、何するんだよ！」

「何って」一葉が至極当然の顔で言った。「でえとの次は、つがいになる誓いのきすだろ？」

雪弥は唖然《あぜん》とする。

「そんな順序、知らないって。それに、まだ俺、よくわかんないし……今その、ようやく自分の気持ちがわかりそうな……だから、もっとゆっくり……あっ、ちょっと近いって。話を

聞けよ！　もう、いきなりすぎるんだよ、一葉は」

近付いてくる一葉の顔をぐっぐっと押し戻す。

「イタ、イタタタ。頬がよじれるじゃないか。一度、雪弥のやわらかい唇に触れてからというもの、何度も寝込みを襲いそうになったが、かわいい寝顔を眺めるだけで我慢したんだ。これでも随分と待ったぞ。まだ待たないと駄目なのか？」

くうんと、一瞬、黒犬様の姿が見えたような気がした。一葉の漆黒の瞳が、雪弥をじっと見つめてくる。カアッと頬が熱くなるのが自分でもわかる。まずい。心臓が早鐘を撞《つ》くみたいに鳴っている。まずいまずいまずい。一葉の顔が再び近づいてくる。焦って緊張の針を振り切った雪弥は咄嗟に叫んだ。

「キ、キスは、三回目のデートでするのがルールだから！」

三回目のデートでキスとは、一体どこから出てきたルールだろう？

恥ずかしすぎる——雪弥は自分の言い放った言葉を思い返して、消えてしまいたくなる。

二十五の男が口にするには、引かれるレベルだと自覚していた。

しかし、相手はあの一葉だ。郷に入っては郷に従え。一葉の信条とするところである。雪弥が具体的な数字を出したことで、あっさり納得してしまった。

「三回か、わかった。でえとというのは細かい決まりがあるんだな。この前のでえとは一回に数えてもいいか？」

「あれは無効。一葉の姿じゃなかっただろ」

橡坂神社の裏の坂道を、雪弥は自転車を押して上りながらかぶりを振った。

「そうか……駄目か。それではあと二回だな。よし、次はどこへ行く？」

一葉が嬉々《きき》として訊いてくる。「うーん、そうだな」と考えるフリをしながら、雪弥は二度目のキスが未遂に終わって内心ホッとしていた。

だが、そのおかげで気づかされてしまった。

雪弥は一葉とキスをすることが嫌だとは思っていないこと。

やはり、一般的な意見として、男同士でそういう行為をすることに多少の嫌悪感を持つのが普通だろう。しかし、雪弥の場合はファーストキスを奪われた時も、驚いて動揺はしたものの、嫌悪感を抱いた記憶がない。

まさか、自分は女性ではなく男性が好きなのだろうか。

いや、それはないかとすぐに考え直す。つい最近まで美月に好意を寄せていたのだ。それに、別の男ともキスができるかといったら、そんなことはない。大学の友人を何人か想像してみたが、途端に寒気がした。絶対にありえない。では同じ神様の紫紺丸ならどうかというと、彼もそういう対象ではないと思う。箒尻尾《ほうき》で叩かれそうだ。

そう考えると、やはり一葉だけが特別ということになる。

特別とは、結局どういうことなんだ？　雪弥は思考をめぐらせる。好きだ好きだと言われ続けて、ほだされてしまったのかもしれない。『好き』という感情は、伝染するのだろうか。だが、あの胸の高鳴りは異常だし――考えれば考えるほど、わからなくなりそうだ。

何だか焦っている気がする。ひとまず、今日は楽しかったからそれでいいんじゃないか？　少し落ち着いて、それからゆっくり考えよう。切羽詰まった問題ではないのだし。とりあえず、三度目のデートまでには何らかの結論が出ているはずだ。雪弥はあっさりと思考を放棄して、隣を歩く一葉を横目に見た。

食事時になり、一葉が朝から張り切って作った弁当を浜辺でいただいた後、少し散歩をして海を十分満喫した。それから海岸沿いのカフェに入り、一葉はシュークリームを幸せそうに食べていた。よほど気に入ったらしい。でもやっぱり、雪弥の作ったしゅーくりいむが一番だな。そんな嬉しいことを言ってくれたので、近々また作ろうと思う。

自転車を物置小屋にしまって、一葉と二人で自宅の玄関に向かっていた時だった。

「おいこら！　返せ！」

怒鳴り声が聞こえてきて、雪弥と一葉は顔を見合わせた。父の声だとすぐに気づく。

「今のは博嗣だな。社務所の方からだ」

「何かあったのかも」

境内を迂回し、急いで駆けつけると、父が黒ずくめの男ともみ合っていた。黒いパーカにニット帽。もう薄暗いのにサングラスをかけて、マスクまでしている。

明らかにおかしい。

「おい、離せ！　こんなことをしたら罰が当たるぞ！」

父が必死に食らいついて叫ぶ。薄闇に目を凝らすと、彼が不審者と取り合っているのは授与品などの売り上げが入った持ち運び式の金庫だった。

「泥棒だ！」

驚き、雪弥も父に加勢しに走る。それより早く、目の端を二体の影が過ぎ去った。

まず先に、少し離れた場所にいた紫紺丸が二人に向けて右手をかざした。手のひらから何かが放たれる。ドウッと風が唸《うな》る。次の瞬間、不審者がまるでおもちゃのようにポーンと弾け飛んだ。父が反動で尻餅をつく。二人は、突然物凄《ものすご》く強い風が吹きつけたとしか思わなかっただろう。

ボールのように参道をバウンドして転がった不審者に、一瞬のうちに黒い獣姿に変化した一葉が飛びかかる。男が悲鳴を上げた。

その時、雪弥は見た。手水舎から急に姿を現した別の人物。地面に落ちている金庫を抱えたかと思うと、石階段に向かって走り出す。仲間がいたのだ。

「待て！」

雪弥は追いかける。もともとスタート地点でそこまで相手との距離が開いていなかった。雪弥の方が足は速いのだろう。階段の手前ぎりぎりの場所で、そいつの腕を掴むことに成功する。

「返せよ！　それは参拝に来た人たちが納めたものだ。何、盗もうとしてんだよ！」

金庫を取り返そうともみ合っていると、「うるせんだよ！」と、いきなり腹に膝がめりこんできた。予想外の衝撃に目を瞠《みは》る。一瞬、相手を捕らえていた腕の力が抜けた。その途端、思い切り手を振り払われる。

ぐらりと体が傾いだと思った直後、雪弥の体は宙に放り出されていた。

この先は二十段の石階段だ。

しまったと思う一方で、落ちたらただじゃ済まないだろうなと、他人事《ひとごと》のような考えが脳裏を過《よ》ぎる。視界が紺色の空に染まる。宙に投げ出されてから、すべてがスローモーションのようだった。

「雪弥！」

一葉の叫び声がした。

耳に馴染んだその声で、ハッと我に返る。時間が急に動き出したような錯覚。目に飛び込んでくる人影に息を呑《の》む。何の躊躇《ちゅうちょ》もなく、勢いをつけたまま地面を踏み切った一葉が覆い被《かぶ》さってきた。空中で雪弥の腕を掴み、力いっぱい抱き寄せる。風の音に紛れて、耳元で舌打ちが聞こえた。「くそっ、力が……！」と、一葉の声。

ドンッと全身に衝撃が走った。脳が激しく揺さぶられる。一葉に抱きしめられたまま横転を繰り返し、最後にドスッと落ちて止まった。

「……っ」

きつく閉ざしていた目を、恐る恐る開けた。視界が暗い。夜であるのと、雪弥が一葉の胸元に顔を埋めていたせいだった。左半身が接しているのはアスファルトだ。ここまで一気に階段を転げ落ちたのだと知る。

雪弥は急いで体を起こした。ところどころ打撲を負った気配はあるが、骨に異常はなさそうだ。これも、一葉が体を張って雪弥を守ってくれたからだ。

「一葉、一葉！　大丈夫か？」

ぐったりと地面に横たわっている一葉に呼びかける。しばらく返事もなくて、ひやりと心臓が凍りつくような思いだったが、大きな体がぴくりと動いてホッとした。

「一葉、よかった」雪弥は詰めていた息を吐き出す。「ごめんな、俺のせいで一葉まで……そうだ、怪我は？　頭を打ったんじゃないか？　あ、急に動かない方がいいって」

頭を押さえながら、無理やり上半身を起こそうとする一葉を慌てて押し留《とど》める。その時、パンッと乱暴に手を払われた。

「……一葉？」

「邪魔だ、どけ」一葉が低い声で唸る。「くそっ、何なんだ……体があちこち痛《い》てえ」

雪弥は面食らった。いつもの彼とは雰囲気が違う。言葉遣いもおかしい。そう——まるで別人のような……。

一葉が気怠《けだる》そうに片膝を立てて、チラッと雪弥を一瞥《いちべつ》した。

「お前……」目を眇《すが》め低い声で問う。「人間か？　何者だ、こんなところで何をしている」

「——！」

雪弥は言葉を失った。

■7■

神様でも、記憶喪失になることがあるのだろうか。

「俺が知る限りでは、そんな話は聞いたことがないな。記憶を失った神など――」

紫紺丸がすっと視線を遠くに移した。

社殿の屋根の上。いつもはそこにいるはずの紫紺丸が地上に下り、代わりに陣取っているのは一葉だった。普段の一葉がそんな行動を取れば、紫紺丸も黙ってはいない。しかし、今は事情が事情だ。

昨夜、橡坂神社に不審者が侵入した。授与品などの売上金を盗もうとした、四十代と三十代の男二人組だった。

結果として、一葉と紫紺丸のおかげで売上金は無事に取り返し、父がすぐに通報して窃盗犯は警察に引き渡された。神社の前にパトカーが止まったので、周辺では何事かと一時騒然となったほどだ。

雪弥も父も擦《す》り傷と打ち身程度で済み、駆けつけた警官は「何もなくてよかったですね」と呑気なことを言っていた。しかし、雪弥は事情聴取を受けながら気が気でなかった。表面上の被害はなかったが、実際は大変な事態が起こっていたのだ。

犯人ともみ合いになりバランスを崩した雪弥を庇《かば》って、石階段の上から一緒に落ちた一葉が記憶の一部を失ってしまったのである。

意識を取り戻した彼は、ゆっくりと目を開け、雪弥を認めた途端にこう言った。

——お前……人間か？　何者だ、こんなところで何をしている。

茫然とした。何の冗談かと思った。だが、一葉がこの状況でタチの悪い冗談を口にするような性格でないことは、雪弥が一番よく知っていた。彼の言葉はすべて本気だった。

一葉は山から出て、この神社にやってきたことを全部忘れていた。博嗣のことも、紫紺丸のことも、そして雪弥のことも。自分は山を守る狗神で、一葉という名であること。覚えているのはそれだけだった。

雪弥たち三人は、あまりに衝撃的な出来事に動揺を抑え切れなかったが、それは一葉も同じだった。

山にいたはずが、目が覚めたら突然見知らぬ神社にいて、人間に囲まれていたのだ。

タイムスリップしたようなものだろう。おそらく彼の記憶は何十年か時代を遡《さかのぼ》っている。自分が着ていた現代の衣服を気味が悪そうに脱ぎ捨てた姿に、雪弥はショックを受けた。更に、人間の雪弥を異様に警戒し、しばらくは傍に近寄ることすら激しく拒絶された。

なかなか状況を受け入れられず、半ば混乱に陥っていた一葉に、ひとまず話をつけてくれたのが紫紺丸だった。

雪弥の言葉は聞き入れられなかったが、同じ神なら相手にしてもらえるらしかった。一葉もさすがに自分一人ではどう対処していいのかわからなかったのだろう。苛立ちや困惑を抱えながらも、己《おのれ》の記憶の一部が欠けていることを認めざるをえないといった様子だった。

紫紺丸と交代して、雪弥は必死になって一葉に説明した。自分たちは誰なのか。なぜ一葉がここにいるか。今がどういう時代で、ここはどういう場所か。だが、彼は不審そうな顔をするだけだ。雪弥のことも、一応話は聞いてくれるものの、決して信用しているわけではないのだと、その背筋が凍るような冷たい漆黒の瞳が言っていた。

昨夜は眠れなかった。紫紺丸に一葉の見張りを頼んだが、不安だった。起きたら、彼は忽然《こつぜん》と姿を消しているのではないか。そんな不吉な想像が脳裏を駆け巡り、何度も布団から抜け出して窓の外を確認した。もし姿が見えなくなれば、紫紺丸が知らせてくれるだろう。そう考えても、一向に眠りは訪れなかった。

朝、いつもは布団の中に必ず潜り込んでいる黒い獣の姿はなく、雪弥は急いで寝巻きのまま社殿に向かった。

紫紺丸を呼んだ。「何だ、まだそんな恰好《かっこう》をして」のっそりと顔を覗かせた紫紺丸が、雪弥を見下ろして呆れたように言った。「朝は冷える。風邪をひくから着替えてこい。心配しなくても、ほら。馬鹿イヌはここでぐうすかと眠りこけている」

彼が左手を掲げてみせた。すると、白装束から覗く手首に縄のような物が縛りつけてあった。それを引っ張ると、縄に繋《つな》がれた別の手が持ち上がるのが見えた。一葉だった。雪弥はようやくホッと息がつけたような気がして、身支度を整えに戻ったのだった。

今も、その縄は繋がったままだという。一葉が動けば紫紺丸に伝わる。逃げようとしたら縄を引っ張って引き摺《ず》り戻すと、紫紺丸は言った。

一葉はピンピンしているが、どうやら神通力が思ったように使えないらしい。

紫紺丸の見解によると、それは事故が原因ではなく、少し前まで存在ごと消えかかっていたのだから仕方のないことなのだそうだ。彼の体はまだ十分な気が戻っていない状態だという。更に棲《す》み処《か》にしていた山を離れたせいで、回復にも時間がかかるらしい。そんな話は雪弥も初耳だった。

だが、一葉はその辺りの記憶がすべて欠けている。急に衰えた自分の力に驚き、焦っているようだ——紫紺丸があくびをしながら言った。昨夜は相当やり合ったらしく、二人とも暴れ疲れて寝落ちしたというのが真相らしかった。

「まあ、あの馬鹿イヌのことだ。放っておいても、すぐに記憶を取り戻すんじゃないか?」

「だったらいいんだけど……」

雪弥は手水舎の水面に浮かんだ落ち葉を集めて袋に入れる。今日は少し風が強い。朝も掃除をしたが、すぐにまた赤や黄に色づいた葉が風に運ばれ境内のあちこちに落ちていた。

社殿の屋根の上では、一葉が胡坐《あぐら》を掻いてぼんやりとしている。もう朝からずっとあの調子だ。黒い耳と尻尾を生やし藍染《あいぞ》めの着流しを着ていた。あれが一葉の基本的なスタイルなのだろう。雪弥の目には映っているが、父は彼の姿が見えないと言っていた。

普段なら境内を忙しく動き回っているのに、今日はまだ一度も下に下りてこない。たった一人いないだけで、随分と境内が寂しくなったように思う。

俺のせいだ——雪弥は自分を責めた。

俺があの時にもっと注意していたら。体操選手並みにバランス感覚が優れていたら。蹴り上げてくる犯人の足をよけていたら。あんなに簡単に手を払われなかっただろうし、咄嗟に体勢を入れ替え階段の上に踏み留まっていたかもしれない。そうすれば、一葉も記憶を失うことはなかったのだ。今更悔やんでも詮無《せんな》いことだが、歯痒くて仕方ない。

もし、一葉がこのまま雪弥のことを思い出せなかったらと考えると、すっと血の気が下がって、気が遠くなりそうだ。

「そう己を責めるな」

紫紺丸が、まるで雪弥の思考を読み取ったかのように言った。

「悪いのはあの盗人《ぬすっと》どもだ。お前が悪いわけではない。今回は少々運が悪かった。運に見放された神というのも、あの馬鹿イヌらしいがな。大体、あれほどお前とつがいになるとしつこく言い寄っていた奴だ。他は忘れても、お前のことだけは脳に焼きついているはずだ。毎日ワンワンとお前の周りをつきまとっていたのだから、体も覚えているだろう。まあ、見捨てずにもう少し見守ってやれ。いずれ記憶が追いつく」

「……うん」雪弥は頷いた。「ありがとう、コン。ちょっと希望が持てた」

「辛気臭い顔をするな。お前がそんな調子では、参拝に来る者が何事かと不審がるぞ」

「そうだな。笑顔、笑顔」

気を引き締めて、パンパンッと頬をはたく。ニッと無理やり口角を引き上げる。眉をひそめた紫紺丸が小さく息をついた。

○○○

自分はこんなところで一体何をしているのだろうか。

一葉は立派な社殿の上に座っていた。

薄暗くなった境内を見下ろして、ため息をつく。山はどの方角だろう。すぐにも棲み処に戻りたいが、ここがどの辺りなのかすらわからない。山の麓《ふもと》の村でないことは確かだった。風景も人間もまったく違う。異国の地に来てしまったかのようだ。彷徨《さまよ》っているうちに山に辿り着くかもしれない。しかし、下手に動くと途端に厭味《いやみ》たらしいキツネが飛んできて、長々と説教を食らう羽目になった。

ここは稲荷神社だ。キツネは守り神で、他に神職に就いている人間が二人。中年と若い男だったが、彼らは親子という話だった。なぜか一葉が狗神であることを知っていた。息子に至っては、一葉の姿がはっきりと見えていた。

——お前は、雪弥を追いかけてここまで来たんだ。雪弥がいなければ消えていたのだぞ。

キツネがそんなことを言っていた気がするが、まったく身に覚えがない。ゆきやという若造の顔を見ても何にも思い出せなかったし、人間を追いかけて山を出る意味がわからない。

ゆきやは一葉に何やら懸命に話しかけてきた。しかし、嫁だか婿だか恩返しだか、何を言っているのかさっぱり内容が頭に入ってこなかった。

とにかく、さっさと山へ戻りたい。調子が悪いのはこんな人間臭い場所にいるからだ。

「……くそっ、この手枷《てかせ》さえ外れれば」

隙《すき》を衝いたキツネに嵌《は》められた枷は、厄介なことに奴と繋がっている。ゆえに一葉の動向はキツネに筒抜けだった。

——俺は別にどうでもいいが、お前が逃げると雪弥が悲しむ。

またゆきやだ。キツネはよほどあの頼りなさそうな若造を気に入っているらしい。だが、そんなことはどうでもよかった。

神通力が使えれば、ここまで簡単に捕まることはなかった。どういうわけかまったく力が使えず、一葉はあっさりとキツネに力負けしてしまったのである。

これ以上ない屈辱を味わった。だが、どうすることもできない。記憶の中の自分と現実の自分がどうにも一致せず、腹立たしいことこの上なかった。まるで知らない誰かの思い出話を聞かされているようで、苛々《いらいら》する。頭を打った衝撃で一時的に記憶の一部が欠如してしまったのだ、とキツネが説明した。そんな話を信用できるか。端《はな》から疑っていたが、かといって初めて見る奴らが三人がかりで一葉を騙す理由がわからない。そのうちの一人は白狐の神だ。自分の社によその神を棲まわせるなど聞いたことがない。

結局、動こうにもどうしていいのかわからなかった。

「一葉！」

ふいにどこからか声がした。

「一葉！　一葉！　おーい、一葉！」

しつこい呼びかけに顔をしかめる。声は下からのものだ。

小さく舌打ちをして、一葉は社殿から億劫《おっくう》げに見下ろした。

「あっ、一葉」

案の定、ゆきやがこちらを見上げていた。

「……何度も呼ばなくても聞こえている。うるさくて敵《かな》わんだろうが」

厭味のつもりだったが、ゆきやはニコニコと嬉しそうに笑っている。齢《よわい》二十五だと聞いたが、それより五つも、いや十ほどは幼く見える。全体的に雄臭さが薄く、いつも香とは違う何やら甘ったるい匂いを放っていた。

昼間はその細い体に装束を着ているが、今はおかしな作りの上衣と脚衣を身につけている。鼠色《ねずみいろ》の上衣には後ろに被り物のような布がくっついていた。

キツネが言うには、確かまだ始まったばかりの昭和の時代はとっくに終わり、今は「へいせい」というらしい。これが記憶喪失と呼ばれる症状のようだ。自分の中の記憶のズレというものを思い知らされる。この時代に着物を着た人間は一人も見かけなかった。

ゆきやが地上から話しかけてきた。

「一葉、おなかすいただろ？　朝から何も食べてないもんな。夕飯を作ったから、一緒に食べよう」

「俺は食わないと言っただろう」

一葉は面倒に思いながら、朝と昼にも伝えた言葉をもう一度繰り返す。「俺たちは、何も食わなくても飢えて死ぬことはない。神だからな」

「でも、食べられないわけじゃないだろ？」

「そりゃ、食べようと思えば食べられるが……」

「だったら、一緒に食べよう」ゆきやが笑って言った。「今日はグラタンを作ったんだ。一葉ほど上手くは作れてないかもしれないけど、でも見た目はすごく美味《おい》しそうにできたから」

「ぐ、ぐら……？」

一葉は一つ咳払《せきばら》いをして気を取り直す。「とにかく、俺は食わないぞ。そんな人間が作った怪しいものなど食える、か……」

ドンッと背中を蹴飛ばされたのはその時だった。一葉の体は胡坐を掻いたまま宙に放り出される。「うおおおっ！」そのまま一直線に落ちた。

「——イタタタ……」

一葉は地面にへばりつくようにして着地した。一瞬、視界の端に入ったあの忌々《いまいま》しい白の箒尻尾。「くそっ、あの阿呆キツネめ」

「大丈夫か、一葉！」

ゆきやが血相を変えて駆け寄って来た。

「どうしたんだよ、足を踏み外したのか？　どこを打った？　まさか頭？　怪我は……」

「俺に触るな！」

不躾《ぶしつけ》に触れてくる手を乱暴に払った。斜に睨《にら》みつける。この若造は本当に鬱陶しい。

「うるさい。この程度の高さから落ちたくらいで大騒ぎをするな。お前ら人間とは違う」

「あ……」ゆきやが僅かに俯いた。「ご、ごめん。そうだよな、神様だもんな」

宙に浮いた手をさっと背中に隠す。「階段から落ちた時も……無傷だったし」

一葉は立ち上がった。踵《きびす》を返そうとした時、くっと後ろから引っ張られる感覚があった。怪訝に思って振り返る。着流しの袖をゆきやが摑んでいる。

「……おい。離せ」

「うちは、夕食はみんなで揃って食べる決まりだから」

うんざりした。こいつはいい年をして、他人の言ったことを理解できないのだろうか。

「俺には関係のない話だ。この家の決まりなど守る義理もない。大体、神と人間を同列に並べて考えるなんておこがましいにも程がある……」

「一葉は、うちの家族だ」

強い語調に遮られた。予想外の言葉に、一葉は思わず押し黙る。

ゆきやが一葉を真っ直ぐに見据えて言った。「だから、一緒にごはんを食べよう」

「………………」

面食らう。その時、頭上に影が差した。風の向きが変化し、上から奴が下りてくる。人のことは容赦なく蹴り飛ばしたくせに、自分はちゃっかり優雅に着地して、紫紺丸が背後に立っていた。

「夕餉《ゆうげ》の時間だ。行くぞ」

「は？　俺は……イテテテ」

右手首がきりきりと痛む。手枷の締めつけが強くなり、そのまま引き摺られた。

「おい、阿呆キツネ！　俺様を引っ張るな、早くこれを外せ！」

「命の恩人になんて態度だ。雪弥、お前がこの縄を引くか？　行儀の悪いイヌだからな、もう一度躾をし直す必要があるぞ」

「もう、コン。そんな言い方するなよ。一葉、父さんも待ってるから早くごはんにしよう」

しっかりと手綱《たづな》を握って、ゆきやがにっこりと笑った。


ゆきやはしつこい男だった。

一葉がどれだけ遠ざけようとしても、へこたれずに話しかけ、食い物を押しつけてくる。餌付《えづ》けでもするつもりだろうか。残念ながら、どれだけ胃袋が満たされようと、奴のことを思い出す気配はない。以前はどれだけ親密な関係だったか知らないが、記憶の欠けた今の一葉にとって、ただただ鬱陶しいだけの存在だった。

「昨日のプリンはどうだった?」

竹箒で境内の掃除をしながら、ゆきやが社殿を見上げて訊いてきた。神職の朝は早い。秋も深まり、早朝は冷える。ゆきやの吐き出す息が白い。

すっかり定位置となった社殿の屋根の上に寝そべり、一葉は面倒に思いながらも答えた。

「……あの黄色いやつか。とろっとして柔らかかったな。まあ、まずくはなかった」

「そっか」ゆきやがぱあっと顔を明るくする。「一葉はプリンも大好きだからな。そういえば映画を観に行った時に、プリンアラモードを食べたんだ。フルーツとかいっぱい飾りつけてあるのが気に入ったみたいで、今度は一葉の姿であのカフェに行こうって約束して……」

急に言葉を切った。ゆきやが俯く。どうせ、自分の知らないもう一人の『一葉』のことでも思い出しているのだろう。今までも何度かあった。一葉に思い出話を聞かせて記憶を取り戻すきっかけを作りたいのだろうが、その思い出にゆきや自身が囚《とら》われ話を止めてしまう。そうして、決まって辛そうな顔をするのだ。

一葉は嘆息し、寝そべっていた体を起こすと飛び下りた。

急に地上に現れた一葉の姿を見て、ゆきやが「うわっ」と、驚きの声を上げる。

「び、びっくりした」

「おい」一葉はゆきやの前に立ち、言った。「これを外すように、あの阿呆キツネに言ってくれ。あいつはお前の言葉なら聞くだろ」

右手をぶっきら棒に差し出す。手首には狐神に嵌められた厄介な枷。これがある限り自由に動けない。目が覚めると奴の姿は近くに見当たらなかったが、ゆきやが呼べば出てくるだろう。

「嫌だ」と、ゆきやが言った。

「は？」一葉は目を瞬《しばた》かせる。「何でだよ。お前だって、俺が傍にいるといろいろと思い出して辛いんだろう？　いつも思い出話をしては悲しそうな顔をしているじゃないか。だから、さっさとお前の前から消えてやると言っているんだ。ほら、キツネを呼んで説得しろ」

「しないよ」

ゆきやが珍しく硬い表情をして、一葉を睨むように見据えた。

「俺は一葉に目の前から消えてほしいなんて願ってないから。そんなことより、ゆうべはこれを作ったんだ。はい、シュークリーム。朝ごはんまでもうちょっと時間があるから、コンと一緒にこれでも食べててよ」

賽銭箱の脇に置いてあった袋を一葉に押しつけてきた。思わず受け取ってしまう。

「俺、向こうの方を掃除してくるから」

「あ、おい！」

咄嗟に呼び止めたが、ゆきやは箒を持って行ってしまった。くそっ、逃げられた——一葉は忌々しげに舌を打つ。手元の袋からは甘ったるい匂いがしていた。しゅーなんちゃらというこれはまた菓子だろうか。ゆきやの作るめしは、はっきり言ってどれもいまいちだ。だが、菓子はまあまあ食べられる。どれも初めて目にする奇妙な形の物ばかりだが。

跳び上がって社殿の屋根に戻る。

いそいそと袋を開けた。これはまた変わった小さな鞠《まり》のような菓子が二つ入っている。指でつつくとふにゃっとして柔らかく、袋の中に手を突っ込んで慎重に取り出した。

恐る恐る歯を立てる。不思議な食感だった。ふわふわとしているようで、もそもそする。

以前、村人が供え物に置いていったぱんという食い物に似ていないこともない。だが、それよりも甘い。中からはみ出るほどの白と黄のもったりとした詰め物は更に甘かった。総じてまずくはない。

あっという間に一個をたいらげて、一葉は指を舐めながら眼下を眺めた。石階段の近くにゆきやはいた。せっせと落ち葉を掃いている。

「……ゆきや、か。おかしな奴だな」

「貴様の方がよっぽどおかしいがな」

ふいに声がした。一葉はぎょっとする。いつの間にそこにいたのか、狐神が背後から手を伸ばし、残り一つの菓子を攫《さら》っていった。

「あっ！　俺の菓子」

「馬鹿言え。これは俺の分だ。雪弥もそう言っていただろうが」

狐神がフンと鼻を鳴らした。姿は見えなかったくせに、会話を聞いていたのか。いやしい奴め。一葉は内心で毒づく。なかなか美味《うま》かっただけに、菓子を奪われたのは悔しかった。

「おい、馬鹿イヌ」狐神が言った。「その軽そうな頭は、まだ何ひとつ思い出せないのか」

「ああ、そうだ。阿呆キツネ」

一瞬、沈黙が落ちる。

「お前は自分が求婚した相手も思い出せないのか。情けない奴だ」

わざとらしくため息をついてみせる狐神に苛立ち、しかし一葉は引っかかりを覚えた言葉を繰り返した。

「求婚？」

首を傾げる。「一体、何の話だ」

「最初に雪弥が説明しただろう。お前は雪弥を追ってここまで来たんだ。あいつとつがいになるためにな」

一葉はきょとんとした。あまりにも話が突飛《とっぴ》過ぎて、馬鹿げているとしか思えない。

「つがいだと？　何を言っているんだ、阿呆キツネ。あいつは人間だぞ。この俺がなぜ人間の若造を娶《めと》るんだ」

「知るか。お前が言い出したことだ。もちろん俺は反対したぞ。だがお前は、必ず雪弥を伴《はん》侶《りょ》にしてみせると豪語したあげく、図々《ずうずう》しくもここに棲《す》みついたのではないか」

まったく覚えのない話だった。だが、狐神が嘘をついているようには見えない。

「……わけがわからない」一葉は混乱する。「俺があいつを？　何の冗談だ」

「冗談かどうかは本人に訊いてみたらどうだ？　お前がどれだけしつこい押しかけ婿かを客観的に見つめるいい機会だと思うぞ。恥を知れ、馬鹿イヌ。隙あらば雪弥にくっつき、好きだ好きだと馬鹿の一つ覚えに騒いで押し倒そうとしていたケダモノめ」

「——なっ!?」

随分な言われようだ。だが、記憶がないので真っ向から否定することも憚《はばか》られる。

「お、俺は、そんなことをしていたのか……？」

「ああ、そうだ。ほれ、見ろ」狐神が顎をしゃくった。「雪弥が掃除をしている。いつもあの場にお前もいたんだ。金魚の糞《ふん》のようについて回って手伝っていた」

ゆきやが一人で落ち葉を集め、塵取《ちりと》りに入れようとするが上手くいかない。押さえるものがないので塵取りが動いてしまう。見ていると、なぜだか体がそわそわとした。何をやっているんだ。それではいつまでたっても塵取りとの追いかけっこが終わらない。結局、諦めたのか落ち葉の山を手で拾い始めた。ゴミ袋に放り込む。すぐに移動して、今度は手水舎の掃除を始める。

「……よく働く」

一葉はゆきやの行動を目で追いながら、呟いた。隣では、狐神が一葉から横取りをした菓子にかぶりついている。朝から晩まで働いて、よくこんな手の込んだ物を作る暇があるものだと半ば感心する。狐神が「相変わらずメシはまずいが菓子は美味いな」と独りごちた。

「あいつは」一葉は何とはなしに口を開いた。「何であんなに一生懸命なんだ？」

狐神がチラッとこちらを見たのがわかった。

「俺には、今の雪弥は少し前のお前を見ているようだがな」

「どういう意味だ」

「雪弥の気を引こうとせっせと世話を焼き、周りをうろちょろつきまとい、本当に目障りなイヌだった。炊事場を占領して朝昼晩と飯を作り、雪弥と博嗣を餌付けしたんだ。そうやって長々と居座り続ける貴様を、俺はここから、早く山へ帰れと毎日呪《のろ》っていたものだ。しかしまあ、何だかんだで雪弥もそれを楽しんでいるようだったけどな。だが今の雪弥は、見ていて少し痛々しい」

狐神が遠目にゆきやを見つめる。

「それもこれも、すべて貴様のせいだ」

「あ？　何で俺のせいになるんだ。こっちだって迷惑してるんだ。俺が気に入らないなら、さっさとこの手枷を外せばいいだろうが。お望み通り山に戻ってやるさ」

さあ外せ、と一葉は右手を突き出す。一瞬、二人の間に沈黙が落ちる。狐神が聞こえよがしのため息をついた。腰を上げざま、ぼそっと低い声で悪態をつく。

「これだから馬鹿イヌは」

「ああ？　おい、どこに行くんだ。行くならこれを外してから……あっ」

ひゅんと姿が消える。キョロキョロと辺りを見回すと、少し離れた社務所の屋根に狐神を発見する。ちょうどゴミ袋を抱えて戻ってきたゆきやに話しかけているところだった。

不本意なことに、あれから狐神の言葉が頭の中をぐるぐると回り続けていた。

俺には、今の雪弥は少し前のお前を見ているようだがな——奴の声が蘇る。

あいつと俺が同じだと？　一葉は壁の陰に身を隠しながら、そっと炊事場の様子を窺っていた。トン……トン…………トン。やけに慎重な手つきで包丁を振り下ろす音が聞こえてくる。あまりに間隔が空きすぎて、眠くなりそうだ。

神社の仕事を終えた後、今日もゆきやは休む暇もなく炊事場で夕餉の仕度をしていた。少し様子を観察しただけでもわかる。まるっきり素人《しろうと》の手つきだ。

——炊事場を占領して朝昼晩と飯を作り、雪弥と博嗣を餌付けしたんだ。

また狐神の言葉が脳裏を過ぎる。今、ゆきやがしている作業を自分が代わってやっていたというのか。思考をめぐらせるが、何も引っかかってこない。なぜ神の自分が人間の飯を作らなければいけないのだと不思議に思う。だが、どういうわけか体がうずうずしだす。ぎこちない包丁捌《さば》きに苛々する。雪弥の気を引こうとせっせと世話を焼き——阿呆キツネの声が語りかけてきた。お前は雪弥を追ってここまで来たんだ。あいつとつがいになるためにな。

つがい？　あの若造を？　女ならまだしも、あれは一応男だろう？　俺は人間の男を伴侶にしようとしていたのか？　そんな馬鹿なこと——ありえない。

「えっと、次はどうするんだっけ……」

ようやく一つの作業が終わったのか、ゆきやが動いた。じっと覗き込んでいるのは本だ。

「にんじんとたまねぎを切って、もやしはそのままでいいんだから……あっ、味噌汁《みそしる》の湯が沸いた。ダシの素入れなきゃ、アツッ」

「おい、何をやってるんだ！」

カランカランと鍋の蓋が床に落ちる。一葉は思わず飛び出していた。いきなり炊事場に入って来た一葉を見て、ゆきやがぽかんとする。

「指をどうした、火傷《やけど》をしたのか？」

「え？　あ、いや。ううん、大したことはないから……あ」

ゆきやの手を強引に摑み、流しに押しやる。蛇口を捻《ひね》ってじゃあじゃあと冷たい水を彼の手にかけた。

「おい、薬はあるのか？」

「うん、居間の引き出しに」

「だったらそれを塗ってこい。ここは俺がやる」

一瞬、ゆきやがきょとんとした。目が大きく丸いので、そういう顔をすると本当に間抜けに見える。「さっさと行け」と手を振って追い払った。ゆきやは戸惑うような間をあけて、「すぐに戻るから」と走って狭い炊事場から出て行く。

さて。一葉はまな板の上を睨みつける。にんじんとたまねぎ。先ほどゆきやが苦労して切っていたキャベツともやし。――野菜炒めか。

ハッとした。何だ今のは？　勝手に頭の中に言葉が浮かんだようだった。首を捻りながらじゃぶじゃぶと丁寧に手を洗う。またハッとする。どうして手を洗ったのだろうか。意思とは別の部分で体が勝手に動いたみたいだった。

そうしているうちにゆきやが戻ってきた。

「ごめん、一葉。もう大丈夫だから」

「いいから、お前はそこに座っていろ。これを切ればいいんだろ？」

ゆきやを視線で制し、包丁を握る。随分としっくりと手に馴染む。自分はこれを使ったことがあるのではないか——ふとそんな気がしてきた。

トン、トン、トン。トン、トトトトトト……。

あっという間に、にんじんとたまねぎを切り終える。

「すごい、一葉……もしかして、何か思い出したのか！」

期待に満ちた眼差しを向けてくるゆきやには悪いが、記憶は相変わらずだった。しかし、体がまるで自分のものではないみたいに軽やかに動く。味噌汁の具は油揚げと大根。揚げは一度油抜きをしてから細く切り、大根は短冊切り。顆粒ダシを入れた湯の中に具材を入れてしばし煮る。ゆきやが急いで冷蔵庫からパックに入った肉を持ってくる。野菜炒めではなく肉炒めだったようだ。油を熱したフライパンに包装パックをあけて肉を投入した。色が変わったら次は野菜。味付けをして、できあがり。鍋に味噌を溶かして、味噌汁も完成。

「よし、できたぞ」

「すごい！　すごいよ一葉！」

ゆきやが興奮気味に叫び、そこで一葉はようやく我に返った。卓上には大皿に盛り付けた肉炒めと味噌汁、ゆきやがよそった白飯が四人分並べてある。いつの間にこんな料理が——

一葉は茫然と自分の両手を見つめた。本当にこれを自分が作ったのだろうか。思考と体を別の何者かに乗っ取られた気分だった。恐ろしい。何だ、アブラヌキって。何だ、カリュウダシって。あれほど綺麗《きれい》に切り分けられた肉を初めて見た。しかし、なぜ肉の取り出し方を知っていたのだろう。白い容器に薄い透明なわしゃわしゃとした膜が張ってあって、今思い出すと不気味でしかない物を何の躊躇《ためら》いもなく触っていた。

ゆきやが箸を取る。「行儀が悪いけど」と、肉炒めをつまんで口に運んだ。

「……美味しい」

顔をほころばせて嬉しそうに笑う。いつも見せる、どこか空元気な笑いとは違っていた。こんなふうに幸福そうに笑えるんじゃないかと思う。

「すごく美味しいよ、一葉。やっぱり、一葉の作ったごはんが一番おいしい」

その心からの笑顔を見た途端、一葉の胸はどういうわけかぶるりと大きく震えた。咄嗟に胸元を押さえる。

「父さんとコンを呼んでこないと。一葉が作ったって言ったら二人ともびっくりするよ。一葉は、毎日ここでみんなのごはんを作ってくれたから。体はちゃんと覚えてるんだな」

「…………」

「どうした？　何か、他にも思い出した？」

黙り込んだ一葉を不審に思ったのか、ゆきやが訊いてきた。慌てて首を左右に振る。

そっか、とゆきやが微笑んだ。

「焦らなくても、そのうち少しずつ思い出すよ。料理のことを覚えているなら、明日は買い物に行ってみないか？　一葉は自分で食材を買いに行ってたんだ。八百屋さんや魚屋さんやお肉屋さんも、みんな一葉のことを知ってるから……」

一葉はじっとゆきやを見つめる。おもむろに手を伸ばして、彼の頬に触れた。

「え？　あ、え……い、いち……っ」

ゆきやがぎゅっと目を閉じる。一葉は指で口の端を拭《ぬぐ》ってすぐに離れた。

「ついていたぞ。子どもみたいな奴だな」

指先に付着した茶色いタレを見せると、目をぱちくりとさせたゆきやはカァッと見る間に顔を赤らめた。

「あっ、ご、ごめん。ありがとう」

謝ったり礼を言ったり、忙しい奴だ。表情もくるくる変わる。何をそんなに赤くする必要があるのか、真っ赤な顔はますます色みを増して、首や耳まで熟《う》れたざくろのようになっていた。

かわいい――ふと、脳裏に自分の声でそんな言葉が過ぎって、一葉はハッとした。何だ今のは？　しばし茫然となる。

ズキッと頭が痛んだ。一葉は食卓に手をつき、こめかみを押さえた。

「どうした？」すぐに異変に気づいたゆきやが傍に寄ってくる。「一葉、頭が痛いのか？」

心配そうに顔を覗き込もうとしてきた彼を、素早く一歩退《ひ》いて拒んだ。

「……何でもない。俺のことはいいから、お前は阿呆キツネたちを呼びに行くんじゃなかったのか？　さっさと行け」

一瞬、ゆきやが何とも言えない表情を浮かべる。「うん、じゃあ呼んでくる」と、精一杯の笑顔を見せて、炊事場を後にする。無理に笑うので少し引き攣《つ》っていた。

一人になり、大きく息を吐き出した。頭痛はすぐに止んだ。何だったのだろうか。思い返そうとすると、途端に頭の奥に鈍い痛みが生まれる。チッと舌を打ち、何だか疲れて床に座り込んだ。


買い物に出かけるから人間の姿に変化しろと、ゆきやに強要された。

昼餉《ひるげ》を終えた後のことだった。突然、ゆきやが今から出かけようと言い出したのだ。

「今日は参拝者も少ないいし、父さんが今のうちに買い物を済ませてこいって」

「何で俺まで。出かけるならお前一人で……アイタタタ」

手枷がぎゅっと締まる。憎たらしい狐神が「さっさと行ってこい」と涼しい顔で言った。

ゆきやも「一緒に行こう」と、笑顔で誘ってくる。だんだんとわかってきた。こいつは案外頑固だ。こうと決めたら譲らない。たとえ今日を逃《のが》れても、また明日になれば同じように誘ってくるに違いなかった。ブツブツ文句を言いながら、一葉は渋々ヒトガタに変化した。

いつもの着流し姿は目立つというので、ゆきやが渡してきた衣装に着替えさせられる。

「ここに足を入れて、両方とも。次はこれを頭から被るんだ。この大きいところが頭を入れる場所で、両側は手だよ。ああっ、反対反対！　こっちが前になるように」

この時代の人間の衣装は面倒くさい。ゆきやに言われるままに着替えて、外に連れ出された。

参道を歩き、石階段を下りる。

一葉はここを転げ落ちたらしい。その時はゆきやも一緒で、彼を庇って一葉は頭部を打ったのではないかとされていた。実際、記憶を失ったわけだが、何も覚えていないのでどうとも言えない。

それよりも、ゆきやがやたらと慎重に階段を下りるのが気になった。手すりに摑まり、なぜか一葉から少し距離を取ろうとする。例の事故が尾を引いているのは明らかだった。

「おい、手を貸せ」

顔を上げたゆきやが「え？」と目を瞬かせた。一葉はバツの悪さを誤魔化《ごまか》すように、むっとしながらゆきやの手を取る。

「い、一葉？　どうしたんだよ、危ないから離してくれ。また落ちたらどうするんだ」

「そんなふうに気を使われる方が怖い。大丈夫だ。俺が支えてやるから足元ばかり見るな。かえって転ぶぞ」

手を引くと、急におとなしくなったゆきやが黙ってついてくる。また顔が赤い。りんごみたいだなと思う。

「……りんご飴」

「え？」と、ゆきやが訊き返してきた。一葉は慌てて「何でもない」と首を振った。自分でもどうしてそんな言葉を呟いてしまったのか、よくわからなかった。

階段を下りてしばらく歩いていると、ゆきやが「あ」と声を上げた。

足を止めて振り返る。鞄《かばん》を漁っていたゆきやが困ったように言った。

「財布を忘れたみたいだ。お金を入れて、机の上に置いたまま出ちゃったんだ。ごめん、すぐに取ってくる」

踵を返そうとしたゆきやを、一葉は引きとめた。

「わざわざ取りに戻るのは面倒だろ。金ならここにあるぞ」

傍の植え込みに椿《つばき》の葉を見つけて、ブチッと一枚千切《ちぎ》る。手のひらにのせた。

まあ見てろ、と一葉はもう片方の手で、葉ごと手のひらをパンッと叩く。するとつやつやとした緑の葉は、次の瞬間、紙幣に変化した。ちゃんとした現代の通貨だ。参拝に来る人間が使用している物を見て覚えたのだ。

「ほら、見事なもんだろ。タヌキよりも俺の方が上手いぞ。あいつらは形はそれらしく化せるが、細部の詰めが甘い。あれではすぐに偽物だとばれてしまうからな。その点、俺のは完璧だ。これで買い物をすればいい」

得意げにゆきやの手を取り、渡してやる。しかし、ゆきやは受け取ったかと思うと、いきなり紙幣をビリビリと破いてしまった。

「おい、何をするんだ！」

「一葉！」

低めた声で叫ばれて、一葉は思わずビクッと背筋を伸ばした。

「これは絶対にしちゃいけないことだ」

ゆきやが見たこともないような怖い顔をして言った。

「お金はちゃんと働いて手に入れるものだ。こんなふうに偽物を作るのは犯罪なんだよ。一葉、約束してくれ。今後一切、今みたいなことはしないって」

真っ直ぐに見据えられて、一葉は面食らった。人間のくせに神に説教する気か？　一瞬、そんな考えが脳裏に浮かぶ。しかし、ゆきやの真剣な眼差しの前ではなぜだか言い返すことはできなかった。先の自分の言動を思い返し、羞恥《しゅうち》が込み上げてくる。ゆきやが困っていたから助けてやったのだ、とはもう今更言えない。

術が解けて、バラバラになった葉が地面に散らばっている。これはゆきやの怒りだ。過ち《あやま》を犯したのは自分の方なのだと、素直に受け入れざるをえなかった。

強張《こわば》ったゆきやの顔を見て、一葉は息をついた。

「……ああ、わかった。約束する」

「本当か？」と、ゆきやが緊張を解くのがわかった。きゅっと引き結んでいた口元を綻ばせ《ほころ》る。笑った顔を見て、一葉は内心ホッと安堵した。

「それじゃあ、財布を取ってくる。すぐに戻るから、一葉はここで待っていてくれ」

走って引き返す後ろ姿を見送って、一葉はため息を零《こぼ》した。

調子が狂う。どういうわけかゆきやの言葉には不思議な力があるようで、一葉は逆らうことができない。先ほども大声で名を呼ばれただけで、ビクッと心臓が縮むような気分を味わった。神なのに。

「あら、神社のお兄さん」

前方から歩いてきたふくよかな中年の女が、一葉に手を振ってきた。見覚えのない顔で、一葉は戸惑う。

「ちょうどよかったわ。これ、おりんご。よかったら、ユキちゃんたちとみんなで食べて」

赤と青のりんごが五つ入った袋を渡された。

「この前、うちのおじいちゃんがお世話になったそうで。いつもは裏の坂の参道から神社に行くんだけど、ここでお兄さんに会ってそこの階段を負ぶって連れて上がってもらったんだって？　すごく感謝してたわ。本当にありがとうございます」

「…………」

一葉にはまったく身に覚えのない話だ。女は一方的に喋り、それじゃあと去っていった。

受け取ったりんごの袋を眺めて、複雑な気分が込み上げてくる。彼女は一葉をよく知っているようだった。だが、それは自分の知らない一葉だ。山の神として祀られ、人間とかかわったことなどほとんどなかった一葉には、俄《にわか》には信じられない状況だった。

ここに存在していた一葉は、一葉であって一葉ではない。自分で言いながら、わけがわからなくなる。この町には一葉のことを知っている人間がどれほどいるのだろうか。

自分の知らないところで自分がニンゲンとして人間と接している違和感。困惑する。ここは自分の居場所ではない。山だ。山に戻りたい。

「一葉！」

ハッと我に返った。振り返ると、ゆきやが血相を変えて駆け寄ってくるところだった。

「どこに行くつもりだったんだ！　待っているって言ったのに、何で勝手にフラフラ歩いていっちゃうんだよ」

飛び込むようにして、ゆきやが一葉に抱きついてきた。

そこで初めて、自分が見覚えのない場所にいることに気づく。どうやら無意識のうちに移動していたらしい。

「ここは、どこだ？」

「さっきいた場所から一本隣の通り」ゆきやが低い声で言った。「戻ったら、一葉の姿が見えないからびっくりしただろ。どこに行ったのかと思って、俺……っ」

一葉はぎょっとした。ゆきやの大きな目から、はらりと水滴がこぼれ落ちたからだ。

「なっ、何で泣くんだ」

驚いて、思わず辺りを見回した。ひとけのない民家が並ぶ往来。ゆきやが目元を擦《こす》り、黙って俯く。言葉はないが、洟《はな》を啜る声は聞こえてくる。一葉はどうしていいのかわからず、おろおろとした。

「おい、泣くな。ちゃんとお前を待ってなくて悪かった。謝る。だからもう泣くな」

咄嗟に頭を撫でて宥《なだ》めようとした手が宙を彷徨う。この頭を自分は触ってもいいものなのだろうか。こういう時、どうすればいいのかわからない。

「さっき」ゆきやが掠《かす》れた声を漏《も》らした。「俺がきついことを言ったから、一葉は腹を立てて俺の前から姿を消しちゃったのかと思った」

一葉は目を瞠った。

「……この手枷のせいで、俺が下手に動けないのはお前も知ってるだろうが」

あまりにも見当違いのことを言うので、こちらの方がびっくりする。「さっきの金の話は、お前は正しいことを言っただけだろ。間違っていたのは俺だ。それで腹を立てるような愚かな真似はしない。あまり見くびるな」

「……そうだよな。ごめん。俺の早とちりだ」

涙を拭って、恥ずかしそうに顔を上げたゆきやがはにかむように笑った。

ドキッと心臓が大きく跳ねた。心拍が上がり、体が熱くなる。

――だから今、こうやってお前と一緒にいられることが夢のようなんだ。

ふいに、覚えのない自分の声が脳裏に蘇った。途端、ズキッと頭を刺すような痛みに襲われる。

「――ッ」

「一葉？　一葉！」

ひどい頭痛だった。耐え切れず、思わずその場に蹲《うずくま》る。異変を察し、青褪《あおざ》めたゆきやが顔を覗き込んできた。一葉の体を支えながら強張った声で訊いてくる。

「どうしたんだよ。頭？　頭が痛いのか？　そういえば昨日も言ってたよな。とにかく病院に――あ、でも、一葉は人間の病院でいいのかな。コンに訊いてからの方が……父さんに」

ゆきやが焦ったように鞄の中から薄くて四角い物体を取り出す。何をするつもりなのかはわからなかったが、一葉は咄嗟にゆきやの手を掴んで止めさせた。

「大丈夫だ。少しこうしていればじきに治まる」

「だけど……」

「いいから、余計なことはするな。それよりお前、何か甘い匂いがするな」

荒い呼吸を繰り返しながら、寄り添っていたゆきやの首元に鼻先を埋める。心が休まるいい匂いがした。この匂いは嫌いじゃない。嗅いでいると、徐々に呼吸が落ち着きを取り戻す。頭の痛みもすうっと引いていくようだった。もっとよく嗅ごうと鼻を摺り寄せる。

「い、一葉？」

「頭痛が治まるまで、しばらくこのままでいさせてくれ」

「あ……うん。わかった」

往来の端に座り込んで、ゆきやの肩にもたれかかる。心地よかった。

頭痛はまもなく消えたが、胸の中にざわざわとしたものが渦巻いていた。このままではいけないと、かつてない焦りが生まれる。ここにいたら俺は弱くなってしまう。

やはり、山に帰るべきだ。

8

山に帰ると一葉が言い出したのは、記憶を失ってから十日が経《た》つ頃だった。

雪弥は焦った。必死に引き止めようとした。

だが、一葉の様子が明らかにおかしいことにも気づいていた。日に日に頭痛で苦しむ回数が増えているような気がする。雪弥が見ていないところでも苦しんでいるに違いない。じっとしていればすぐに治まるようだが、原因がよくわからず、雪弥もどうしていいのかわからなかった。

心配して紫紺丸に訊ねると、記憶を取り戻しつつあるのではないかと返ってきた。ふとしたきっかけで自分には覚えのない記憶がフラッシュバックのように蘇り、一葉を苦しめているのかもしれない。厳密に言えば、それはすべて一葉自身が経験した記憶であり、今の一葉がいくら拒絶しようとしても事実として押し寄せてくる。その葛藤《かっとう》が頭痛となって現れるのではないか。父にも相談したが、同じような見解を示した。

山に一度戻してやったらどうか——紫紺丸と父の意見は一致していた。雪弥は最後まで迷ったが、結局、それが一葉にとって一番いいというのなら、反対はできなかった。

「その代わり、俺も一緒に行く」

「あ?」

雪弥の言葉に、一葉は面食らったようだった。迷惑だからついてくるな、と即座に却下されたが、絶対に引かなかった。しばらく睨み合った末、雪弥の意地に負けた一葉が渋々受け入れる形で決着が着いたのだ。「勝手にしろ」

出発当日の朝、紫紺丸に頼んで手枷を外してもらう。

父は初めから雪弥が同行することに賛成していた。一葉様を無事にあの御山《みやま》までお連れしてくれ、と頼まれる。二ヶ月近く一緒に暮らし、すでに家族に似た情が湧いていた。父は特に、賑やかになった男所帯をいつもにこにこと嬉しそうに眺めていたので、いろいろと思うところもあるだろう。恐れ多いが、息子が二人に増えたみたいだな。そんなふうに一葉との同居を歓迎していたのだ。だからこその決断だった。

紫紺丸と父は、これが本当に最後の別れであるかのような口ぶりだった。山へ帰ったら、もう二度とここへは戻ってこないかもしれない。

だが雪弥は、そうは思いたくなかった。一葉と祖父の家がある田舎へ遊びに行く——そんな気楽な感覚をあえて意識した。一葉が自分の傍からいなくなってしまう時のことなど、想像したくもなかった。

移動は電車を使うことにした。

「一葉、チビイヌバージョンになってよ。そうじゃないと鞄に入らない」

「は？」一葉が雪弥を睨みつける。「何でこの俺がそんな小さな袋の中に入らなきゃならないんだ。断る」

「でも、人間のままだといろいろ面倒だよ？　自動改札機とか、人も多いし。一葉は人込みが苦手だろ？　この中に入ってれば、俺が持って移動するからラクチンだと思う。それに、こっちに来る時もこの中に入ってやってきたんだから」

一葉が目をぱちくりとさせる。「何だと？　本当に俺がこんな中に？」

ショックを受けたように鞄の中を覗き込んでいる一葉を宥めて、変化してもらえるようお願いする。ブツブツ文句を言っていたが、仕方ないと諦めたのかおとなしく変化した。

小さな黒犬姿の一葉を見下ろして、雪弥は頬を弛める。この姿を目にするのは一緒に海に出かけたあの時以来だ。その日の夜、例の窃盗未遂事件が起きたのだった。

一葉を抱き上げる。頭を撫でると、くすぐったそうに首をよじった。

『おい、あまり構うな。こそばゆいだろうが』

前肢で胸元をどつかれる。「ごめんごめん」雪弥は苦笑して、ボストンバッグの中に一葉の体をそっと置いた。鞄の口を半分ほど閉めて、肩にかける。

『おい馬鹿、揺れる！　もっと丁寧に持て、揺れすぎて気持ち悪くなったらどうするんだ』

「一葉、シー。外に出たら喋っちゃダメだって。誰かに犬が喋ってるのを見られたら、山に行くどころじゃなくなるから。捕獲されるよ？」

脅しが効いたのか、急におとなしくなる。なるべく鞄を揺らさないように気をつけて、電車に乗った。

いくつか電車を乗り継ぐ間に、徐々に景色も変わり、車内の乗客も少なくなっていく。

車窓から海が見えた。

「一葉！　ほら見ろよ」

もぞもぞと鞄から首だけ覗かせた一葉に、窓の外を指し示す。「ほら、あれ。海だよ」

『……海？』一葉が潜めた声で言った。『へえ、噂には聞いていたが、あれがそうなのか』

まるで初めて見たかのような声を聞くと、わかっていてもやはり寂しい。

「そうだ！　一葉の私物も持ってきたんだ」

雪弥は鞄の中を漁った。黒とゴールドの古いバイクゴーグル。何かのきっかけになるかと思って入れておいたのだ。

『何だこれは？』

「一葉が拾ってきたゴーグル。カッコイイからって気に入って着けてたんだ。眼鏡《めがね》みたいなものなんだけど。あ、ちょっと着けてみる？」

その時、一葉が急に顔をしかめて、前肢で頭部を押さえる仕草をした。

「一葉？」雪弥は血相を変える。「また頭痛か？　ごめん、ゴーグルが悪かったのかも」

慌てて自分の背中と椅子の隙間に押し込む。

『……大丈夫だ』一葉が頭を左右に振った。『ちょっとチクッとしただけだ。それより、さっきから何かいい匂いがする。その袋だな』

「あ、これ？」

雪弥はホッと安堵しながら、ビニール袋を引き寄せる。「鼻がいいな。さっき売店でプリンを買ったんだ。食べる？」

『おう』と、すぐに調子を取り戻した一葉が嬉しそうに頷いた。

雪弥たちが乗っている車両は、進行方向前方に初老の男性と女性が座っている以外はガランとしている。二両編成の一両目はもう少し混んでいるようだが、田舎を走るローカル線の平日の午前はこんなものなのだろう。静かで、電車の走る音だけが響いている。窓の外は稲を刈《か》り取った後の田んぼが広がり、空は少し曇ってきた。

プリンを食べて満足した一葉は呑気なことにスピースピーと眠ってしまった。

「もう、子どもみたいだな。こんなにいっぱいプリンをつけて」

汚れた口周りを拭いてやり、鞄の中にそっと寝かせてやる。途中まで普通に一葉との旅を楽しんでいたので、急に現実に引き戻された気分だった。

まもなくして、目的の駅に到着した。バスが来るまでまだ時間があったので、一度人間の姿になった一葉と二人で昼食をとる。

小犬に戻った一葉が自主的にボストンバッグに入り、そこからバスに揺られて約三十分。

すっかり紅葉した山々を眺めながら、ようやく村のバス停に辿り着いた。

ここからは徒歩だ。祖父の家はまだそのままにしてあるという話だった。父が伯父《おじ》に電話をして訊いてくれたのだ。片付けやら何やらで月に数回は出入りしているそうで、水道と電気は使えるという。兄弟で一つずつ持っていた父の鍵を借り、ひとまず祖父の家を目指す。

「この村は……こんなふうだったか？」

人間に変化した一葉が、村の風景を見渡して独りごちた。

雪弥にとっては幼い頃の記憶からまったく変化してないイメージがあるが、彼は戸惑っているようだった。一葉の記憶は父が生まれるよりもずっと前まで戻っているらしい。

キョロキョロと落ち着きなく見回しながら、雪弥のあとをついてくる。あそこにあった民家はいつ消えたんだ？　この川は変わっていない、魚がよく獲れる。向こうには確か学校があったはずだが……。

しかし、祖父の家が見え始めると、一葉は急に黙りこんでしまった。

「あそこがじいちゃんの家だよ。裏に畑があって、そこで俺は一葉と出会ったんだ。物置小屋があって、そこに一葉は蹲っていて……えっ、ちょっと待って」

一葉が突然走り出した。雪弥も慌てて後を追う。

祖父の家とは逆方向に舗装された道を走っていたかと思うと、いきなり脇に逸れた。半分枯れた雑草地帯に踏み入り、腰まである草を掻き分けて進んで行く。「ま、待って、一葉」

雪弥は呼びかけるが、振り返りもしない。まるで雪弥がいることなど忘れてしまったかのように、一人でどんどん突き進んで行く。

やがて山に入った。迷いなく獣道を歩く一葉を雪弥は必死に追いかける。目で彼の後ろ姿を捉えるのが精一杯で、なかなか距離は縮まらない。いつの間にか、一葉の頭には獣の耳が生え、黒い尻尾も揺れていた。藍染めの着流しを着た彼を見失わないようにしなければ。

その時、前方に鳥居らしきものが現れた。ひどく古い。もとが何色だったのかもわからないほどに褪《あ》せて腐食し、大きく傾いている。かろうじて立っているのは、傍の大樹に支えられているからだった。

くぐったその先の参道は、雑草で埋め尽くされていた。少なくともここ十年ほどは人が通っていないのではないか。それくらいひどい荒れようだ。腐った枝葉が積もり、草が根を張っている。一葉が通った跡だけが真新しく踏み躙《にじ》られていて、雪弥はそれを頼りに進んだ。

「一葉、一葉！」

姿を見失ってしまった。雪弥の声が静まり返った森に響き渡る。どこに行ってしまったのだろうか。胸がざわつき、動悸が激しくなる。

「一葉、一葉！　どこだよ、返事をしてくれ！」

突然、鬱蒼《うっそう》とした茂みを抜け出た。開けた土地に、一葉がぽつんと立っていた。

「よかった」雪弥はほっとする。「姿を見失ってしまったから、どうしようかと思った……」

傍に駆け寄り、思わず言葉を飲み込んだ。一葉が茫然と見つめていた物の正体に気づき、雪弥もその場に立ち尽くす。

「……これが、一葉のお社なのか？」

木造の建物は無惨に潰れていた。崩壊して、もうただの木材としか思えないほどバラバラに分解してしまった箇所もある。土台が崩れて、屋根の半分がそのまま地面に横たわっていたが、そこにも大きな枝が突き刺さっていた。

どうせ帰ったところで、もうあそこに居場所はないんだ——一葉の声が蘇った。

そういえば今年の夏にこの辺りを襲った嵐のせいで、半壊してしまったと言っていた。だがこれは、どう見ても半壊どころではない。倒壊した社の残骸の一部には雑草が絡《から》みつき、朽ちた木を養分にして新たな芽が生えていた。とてもではないが、二、三ヶ月やそこらでこんな状態にはならないだろう。

一葉は、ずっとこんなところにいたのだろうか。

「これが、この時代の一葉《ひとつは》神社の姿なんだな」

一葉がぽつりと言った。「俺の社は、数十年後にはこういう運命を辿ることになるのか。無惨を通り越して、いっそ滑稽だな」

雪弥は何も言えなかった。

しばらく二人並んでその場に立ち尽くす。

「おい、お前はもう戻れ」

「——え？」

雪弥は弾かれたみたいに一葉を見た。

「じいさんの家があるんだろう？　そこに先に行ってろ。俺はもうしばらくここにいる」

だったら俺も残ると言いそうになって、雪弥はぐっと言葉を飲み込んだ。

「……わかった。待ってるから、一葉も早く戻ってこいよ」

一葉はじっと社の残骸を見つめている。雪弥は唇を噛《か》み締め、「待ってるから」と繰り返して踵を返した。


祖父の家は度々伯父夫婦が出入りしているせいか、まったく埃《ほこり》っぽさを感じなかった。ところどころ軋《きし》む板間の廊下を歩き、居間に入る。毛羽立った畳の上に荷物を下ろす。障子を開けると縁側だ。立ててあった雨戸を開けて、ようやく明るくなった。雲が割れて、日が差し込んでくる。十一月の太陽が、斜めに家の中を照らしていた。

背骨がぐにゃりと溶けるみたいにして、ふらふらとその場に倒れ込んだ。

仰向けに寝転がり、目を閉じる。

時計の秒針の音がする。

まだこの家は時間を刻んでいるのだと思うと、なぜだか急に得体の知れない不安に襲われた。胸が押し潰されるみたいに苦しく、涙が勝手に目の縁に盛り上がる。喉の奥に痛いほどの熱の塊が込み上げてきて、嗚咽《おえつ》が漏れる。

一葉は、本当にここに戻ってくるだろうか。

もしかしたら、もう戻ってこないかもしれない。あのまま山から出てこなかったら——そう考えて、また胸がぎゅっとなる。

一葉が好きだ。

つがいになりたいという意味で好きだ。

どの時点ではっきりそうと自覚したのかは定かではないが、おそらくデートを三度重ねた時には、雪弥は確実に一葉のキスを受け入れる。そんな予感を、海に行ったあの日、すでにしていたように思う。

切羽詰まった問題ではないし、とりあえず三度目のデートまでには何らかの結論が出ているはず——あの時の雪弥は、そんなふうに考えていた。焦る必要はない。少し落ち着いて、それからゆっくり考えればいい。

もう答えは出ていたはずなのに、引き伸ばした。そのせいで、一番伝えたい自分の気持ちを一葉に告げられないまま、別れる羽目になるかもしれない。

まさか、自分が一葉に忘れられてしまうとは、想像もしてなかったのだ。

早く戻ってこい——雪弥は、畳の上で胎児のように背中を丸くし指を組み合わせる。

一葉がいなくなってしまうなんて、考えられない。

どうして俺のことを忘れてしまったんだ。あれほどいつも傍にいてくっついてきたのに。

雪弥、と一葉の声が蘇る。そういえば、もう二週間近くも一葉に名前を呼んでもらっていない。この先も呼んではくれないのだろうか。

——雪弥が俺の名前を呼んでくれた時は、本当に嬉しかった。

一葉の声が脳裏を過ぎった。

——忘れられていなかったとわかって、安堵した。

——俺が雪弥のこと忘れるわけがないだろ?

——ずっと待っていた。

言葉がひらひらと舞い降りる雪のように頭の中に降り積もってゆく。

この地で、一葉は雪弥の約束を信じてずっと待っていてくれた。一向にやってこない雪弥を待ちつつ、どんなことを考えていたのだろう。

忘れられるのは寂しくて、悲しい。

その気持ちが、本当の意味でようやく理解できたような気がした。

人の記憶から自分の存在が消えてしまうのは恐ろしい。ずっとここにいたのに、まるで知らない人を見るような目で警戒される。お前……人間か? 何者だ、こんなところで何をしている。

あの時の、一瞬で背筋が凍りついた感覚を思い出し、雪弥はぶるりと体を震わせた。

駄目だ、悪い想像ばかりしていては。

信じよう。一葉が戻ってくると信じている。そして必ず雪弥のことを思い出してくれるはずだ。時間はかかるかもしれない。だが一葉は、八年間も雪弥を待ち続けてくれた。今度は雪弥が待つ番だ。

もし、記憶が完全に戻らなかったとしても、それならそれでまた新しく、一から雪弥のことを知ってもらうしかない。離れるのは嫌だ。一緒にいたい。一葉とずっと一緒に……。

一葉と初めて出会った時のことを思い出した。

大怪我をしていた。雪弥が心配して近づこうとしても、露骨に敵意を示されて決して傍に寄らせてはもらえなかった。それでも手負いの彼をどうしても放ってはおけなかった。

彼は驚異的な回復を見せ、すぐに山へ戻ってしまった。だが翌日には再び姿を現し、雪弥を驚かせた。一般的な飼い犬と比べても随分と体が大きくて、一見怖気《おじけ》づいてしまいそうな彼だが、雪弥にはかわいくて仕方なかった。あっという間に楽しい時間は過ぎて、気づけば夏休みが終わろうとしていた。心配した両親から電話がかかってくるほどだった。

最後の日はよく覚えている。彼との別れが辛かった。祖父も途中から孫に山犬が懐いていることに気づいていながら、そっと見守ってくれていた。彼の黒い獣毛を抱き寄せ、帰りたくないなあと愚痴をこぼした当時の自分。けれども午後の電車に乗らなければ、明日から始まる学校に間に合わない。

——元気にしてろよ。絶対にまた会いに来るから。

ああ、そうだ。確かに自分はそう言った。

じゃあな、クロスケ——雪弥は後ろ髪を引かれる思いで、彼に何度も手を振ったのだ。祖父の軽トラックに乗って駅に向かう雪弥を、途中まで走って追いかけてきた。黒いふさふさの尻尾を懸命に振って——。

ハッと唐突に意識が覚醒した。

夢を見ていたのだと気づく。いつの間にか寝てしまったのだ。涙が乾き、目の周りがごわつく。辺りはすっかり暗くなっていた。雪弥は急いで飛び起きる。どのくらいの時間が経ったのだろうか。

その時、暗闇の中で何かが光った。

思わずビクッと体を強張らせる。シンと静まり返った部屋の中、ごくりと自分の喉が鳴る音が響き渡る。前方で、畳が軋む音がした。二つ横に並んだ妖しい光が近づいてくる。

「……一葉、だろ？」

なぜだかそう確信していた。光っているのは眼だ。明らかに人間のものではない、獣の目。

「一葉、戻ってきてくれたんだな」

雪弥はホッと心の底から息をついた。嬉しくて、暗闇に手を伸ばす。

「遅かったじゃないか。もうバスはないから、今夜はここに泊まろう。夕飯、カップ麺しかないけど。今、お湯を沸かすから待ってて……」

唸り声を上げて、一際濃い影の塊が飛びかかってきたのはその時だった。

「――！」

雪弥は乱暴に押し倒される。驚いて目を瞠ると、雪弥を組み敷いていたのはやはり一葉だった。だが、様子がおかしい。頭上から獣のような荒い息遣いが聞こえてくる。

闇に目が慣れると、彼の外見も変化していることに気づいた。黒い獣の耳と尻尾はそのままだが、眼が不気味に光り、髪も記憶にある長さよりも随分と伸びている。顔つきも違う。

ぐうう……ふしゅう、と低く唸り、雪弥に容赦なく圧《の》し掛かってくる。胸を圧迫されて、息ができない。

「……い、一葉……苦し……っ」

ぐわっと大きく開けた口から鋭く尖った牙《きば》が見えた。光った眼は完全に獲物を捕らえた猛獣のそれだ。目の前にいるのが誰なのか、もはや理解していないのではないか。

まるで我を忘れたような一葉の異常な行動に雪弥は青褪める。一葉が吼えて牙を剝《む》く。

「――ック、クロスケ！」

咄嗟に雪弥は叫んだ。どうしてその名を呼んだのか、自分でもよくわからない。昔の夢を見たからかもしれない。口が勝手に彼の愛称を叫んでいた。

しかしその瞬間、一葉の動きが止まったのだ。雪弥の声に明らかに反応し、ビクッと大きな肢体《したい》を硬直させる。今にも雪弥の喉笛《のどぶえ》に咬《か》みつかんばかりだった彼が、正気を取り戻したかのように思えた。雪弥は咳《せ》き込みながら、頭上に向けて矢継ぎ早に問いかけた。

「一葉？　大丈夫か？　平気？　俺のことが見えてるか？　誰だかわかるよな？」

「……ゆ、きや……？」

一葉の口から欲しかった答えがこぼれ落ちる。

だが、すぐに彼は苦しそうに呻《うめ》いてこめかみを押さえた。急いで起き上がろうとした雪弥は、しかし胸元を突き飛ばされて再び仰向けに横たわってしまう。その間に馬乗りになっていた一葉は立ち上がり、頭を抱えながらふらふらと歩き出した。数歩進んだところで、がくんと頽《くずお》れる。よほど頭が痛むのだろう。肩で息をし、歯軋《はぎし》りの音まで聞こえてくる。

「一葉、大丈夫か！」

雪弥は跳ね起きるようにして駆け寄った。が、すぐさま鋭い声に遮られる。

「俺に近寄るな！」

怒鳴られて、雪弥は思わず足を止めた。一葉が体を引き摺りながら畳の上を這《は》い、部屋を出て行こうとする。はあはあと苦しそうな息遣いが鼓膜に突き刺さる。

「一葉！」

雪弥は堪《たま》らず叫んだ。「どこに行くんだよ」

「……お前の匂いは駄目だ。気がついたら、お前の匂いを辿ってここにいた」

開け広げた障子に摑まり、膝を立てる。

「久々に山に戻ったせいか、自分でも押さえきれないほどに気が昂《たか》ぶっているのがわかる。先ほどから胸の動悸が治まらない。お前の匂いを嗅ぐと、一層ひどくなる。喉が渇いて堪らないんだ」

一葉の声に、胸がぎゅっとなる。雪弥は静かに歩み寄った。「一葉」と、彼の肩に手をのせる。分厚い肩がビクッと震えて、彼が怒鳴った。「寄るなと言っているだろうが！」

闇雲に振った手に突き飛ばされて、雪弥は尻餅をついた。

「やめろ、俺に近づくな。お前の匂いが俺をおかしくするのだと言っているだろうが。こんなことは初めてだ。お前の傍にいると、今すぐにでもむしゃぶりつきたくなる。くらくらして我を忘れそうになる。何をするか自分でもわからないんだ。お前には世話になった。傷つけたくはない。無事でいたかったらここからすぐに離れろ！」

雪弥は息を呑んだ。俯き、ゆっくりと立ち上がる。歩くたびに、畳が軋む。戸口に向かったと勘違いしたのだろう。一葉の強張った着流しの背中が、どこか安堵したように筋肉を波立たせるのが見て取れた。

「一葉」

雪弥は静かに膝を折りその背中にそっと手のひらを触れさせた。

「——!」

ビクッと再び一葉が全身を強張らせた。

「おい、話を聞いていたのか。本当に襲うぞ！　頼むから、早くどこかに行ってくれ」

「嫌だ」

「……何？」

「どこにも行かない。俺はここにいる」

両の手のひらで一葉の背中に触れた。暴れていた黒いふさふさの尻尾が、急におとなしくなり畳の上でくねくねと困ったように揺れている。

「一葉はさ」

雪弥は彼の背中にそっと額《ひたい》を押しつけて言った。「俺のことが好きなんだよ。だから、俺の匂いに反応するのは当たり前のことなんだ」

——雪弥はいい匂いがするな。この匂いを嗅いでいると安心する。

初めて押し倒された時から、一葉は雪弥の体臭をそんなふうに表現していた。自分ではどんな匂いなのかわからない。だが、一葉にとっては特別な匂いのはずだ。以前、何かの本で読んだことがある。嗅覚は聴覚や味覚よりも記憶を呼び起こす作用が強いのだと。

もっと雪弥の匂いを感じれば、一葉の記憶に刺激を与えられるのではないか。

「なあ、一葉」

ピクッと大きな背中が波打つ。

「一葉は俺に、プロポーズしてくれたんだよ。プロポーズ――えっと、求婚。つがいになろうって。伴侶になってくれって。嫁にするんだって」

「…………」

「まだ俺、その返事をしてないんだよ。いつ、言わせてくれるんだ？」

一葉の背中が動く。雪弥はそっと額を離した。俯いた顔を上げると、ゆっくりと振り返った彼と目が合った。双眸《そうぼう》はもう妖しい光を放ってはいない。漆黒の瞳はどこか戸惑うように揺れながら、雪弥を映している。

息が詰まった。胸が苦しい。潰れそうになる胸の底から、何か熱いものが一気に込み上げてくる。

雪弥は堪らず一葉に抱きついた。

「お、おい……っ」

「一葉、無理に思い出さなくてもいいから、傍にいてくれ。そしたら今度は、俺が一葉にプロポーズするから」

「――！」

雪弥は伸び上がり、一葉に口づけた。何せ自分から仕掛けるのは初めてのことだ。加減がわからず、勢い余って一葉を障子にぶつけさせてしまう。ゴツンッと鈍い音が鳴り響く。

重なった唇の間で、一葉が「うっ」と小さく声を漏らした。

ごめん、と雪弥は慌てて体を起こす。拙い口づけを交わして、カアッと首筋から熱が上ってくるのが自分でもわかった。頬が熱い。我ながら大胆なことをしている自覚がある。けれども、今自分に正直にならないとまた後悔しそうで、それだけは絶対に嫌だった。

雪弥は真っ向から一葉を見つめた。

「俺、一葉のことが大好きだよ」

声に水分が混ざり、視界が僅かに揺らぐ。すぐ目の前の一葉の顔が涙で滲んだ。

「それだけは、忘れないでくれ」

懇願するような言葉を、彼はどう受け取っただろう。涙で彼の表情がよく見えない。その間にも、心の底から想いが溢れてくる。――大好きだ。大好きだよ、一葉。

「俺、これからもずっと一葉の傍にいて、何度でも言うから……」

「それは、本当か？」

ふいに声が返ってきて、雪弥は思わず目を瞬かせた。目の縁に溜まっていた涙が頬を伝って流れ落ちる。――え？

間近で見つめ合う一葉もまた、驚いたように大きく目を見開きパチパチとしてみせた。

「一葉……？」

唐突に、脳裏に閃《ひらめ》くものがあった。もしかしてと胸が期待にざわめく。

「一葉なのか？」

咄嗟に両手で着物の衿《えり》を摑んだ。ぐっと顔を近づける雪弥に、一葉がびっくりしたように軽く首を引く。不審そうに目を眇めて言った。

「そうだが……どうしたんだ、雪弥。ここはどこだ？　暗いな。俺はいいが、雪弥は大丈夫か？　ちゃんと見えているか？　寝ぼけているんじゃないだろうな」

キョロキョロと辺りを見回す一葉の姿を目の当たりにして、雪弥は確信する。目頭《めがしら》にまた熱いものが込み上げてきた。

「俺も何だか頭がぼうっとするぞ」一葉が首を傾げる。「今は夜か？　そうか眠って……俺はいつ寝たんだ？　なあ、雪弥。ここはどこだ？　お前の部屋ではないようだが……」

「一葉！」

雪弥は感極まって一葉に抱きついた。いきなりのことで驚いたのだろう。彼の背中で、黒い尻尾が一瞬ピンと立ち上がる。

「お、おい雪弥？　どうしたんだ、お前から抱きついてくるなんて珍しい……」

「よかった、一葉。本当によかった」

「な、何だ？」一葉がぎょっとして言った。「どうして泣くんだ。何があった、話してみろ」

おろおろしながら雪弥の顔を覗き込んでくる。そっと頰を包むように両手を添えて、次から次へと溢《あふ》れ出す涙を親指の腹で拭ってくれた。

洟を啜り、雪弥は弱ったような顔をしている一葉を見つめて言った。

「一葉。俺、一葉のことが好きだ」

ピクッと指が頬に触れたまま静止する。

「大好きだよ、一葉。俺のところへ婿に来てくれないか？」

一瞬きょとんとした一葉が、信じられないといった表情で凝視してきた。

「それは、俺とつがいになってくれるということか？」

おずおずと確認するように問われて、頷く。

次の瞬間、一葉の精悍《せいかん》な顔に見る間にぱあっと笑みがひろがった。

「雪弥は俺の嫁になるということだな！」

「うん。あ、でも。俺は神社の跡を継ぐから、一葉がうちに来てくれないと困るんだけど」

「もちろんだ。最初からそのつもりで求婚したんだからな。そうか、雪弥は俺の嫁か」

「一葉は俺のお婿さんだよ」

返すと、一葉が照れ臭そうに笑った。「そうか、俺はやっとお婿さんになれるんだな」

「狗神様のお婿さんだな」

「ああ、雪弥は狗神のかわいい嫁様だ。ずっとずっと傍にいて、大切にする」

「もう、俺のことを忘れるなよ」

「？　おかしなことを言うな、俺が雪弥のことを忘れるわけないだろう」

真顔の一葉に、雪弥は内心苦笑する。軽く伸び上がって、チュッと彼の唇に口づけた。一葉が目をぱちくりとさせる。

「急に積極的になったな、雪弥。だが、俺はずっと我慢していたんだ。これからは責任持って俺の愛を受け止めろよ」

「え？　あっ、ちょ、待っ……んっ、んんっ」

幸せそうに尻尾を振った一葉が、雪弥に覆い被さり、咬みつくようなキスをしてきた。

唇を触れ合わせることしか知らなかったキスは、実は物凄く奥深いものなのだと知る。二十五で初めてキスを経験したのだから、その先のことは何から何まで初心者だった。

「……んっ、んぅ」

一葉はまるでお預けを解かれた獣の如く、咬みつくようにして雪弥の唇を奪った。柔らかな唇の感触が押し当てられる。そうかと思うと、すぐさま肉厚の舌が歯列を割って口腔に潜り込んできた。

強引な侵入者に雪弥は驚く。向かい合い、腰と後頭部を彼の手でがっちりと支えられている体勢では動きようがない。狭い口内で舌と舌がざらりと触れ合った。ビクッと体を強張らせて、咄嗟に舌を引っ込める。しかし、あっという間に逃げ場を失い、ぬるりと追いかけてきた熱い舌に搦め捕られてしまった。根元に巻きつき、きつく吸われるとジンと甘い痺《しび》れが脳髄を刺激する。初めての感覚にごくりと喉を鳴らす。混ざり合った二人分の唾液が胃に落ちる。カアッと熱くなった。キスとはこんなにいやらしいものだったのか。慣れない仕草が苦しいと思いつつも、気持ちよすぎて快楽に身を委《ゆだ》ねてしまいそうになる自分がいる。

敏感な口蓋《こうがい》を舌先で揶揄《からか》うようになぞられて、ぞわぞわっと背筋が戦慄《わなな》いた。

思わず顔を逸らして舌の当たる位置を変えようと試みるが、今度は柔らかい頬肉を丹念に舐《ねぶ》られる。口内を隈《くま》なく味わうかのように激しく蹂躙《じゅうりん》されて、雪弥はされるがままだ。

一葉の舌はまるでそれ自身が一個体かのように、巧みな動きで雪弥を翻弄《ほんろう》する。

熱く濡れた粘膜をくちゅくちゅと卑猥《ひわい》に掻き混ぜられて、すでに息が上がっていた。短い息継ぎを挟みながら、一葉が何度も角度を変えて舌を差し入れてくる。

「ん、はあ……ん、ん」

おずおずと自分から舌を差し出してみた。すると、カリッと軽く歯を立てられる。

「んっ」と、雪弥は身じろいだ。甘噛みされた部分がじんじんと甘い熱を孕《はら》む。僅かな痛みがより強い快感を呼び起こす。

唇の外で冷たい空気を掻き回すように、互いに突き出した舌を絡め合った。

舌の縁《へり》をゆっくりとなぞるように舐められて、何とも言えない感覚が湧き起こり、ぴくぴくと震える。唇で挟むように軽く扱《しご》かれたかと思うと、いきなり舌を押し戻されて再び口腔《こうこう》を激しく貪《むさぼ》られた。

チュッ、チュッと、音を立てて腫《は》れぼったい唇を吸われ、ようやく執拗《しつよう》な口づけから解放される。はあはあと息を乱し、生理的な涙の浮かぶ目をぼんやりと薄闇に向けた。

さすがに暗さには慣れたが、視界に入るのは天井だ。いつの間に体勢が変わったのだろう。全く気がつかなかった。座っていたはずの雪弥は畳の上に押し倒されており、一葉が圧し掛かってくる。モッズコートのフェイクファーが火照った頬をくすぐった。

「雪弥」と、一葉が甘さを含んだ熱っぽい声で呼びかけてくる。

官能的な低い掠れ声を耳にしただけで、雪弥の体はぶるりと震え上がった。

これから、一葉とするんだ——そう考えると、ドキドキしてきた。緊張して思わず身構えてしまう。一葉がそっと背中に腕を差し入れて、雪弥を軽く抱き起こした。チュッと頬にキスをされる。

「ん……」

耳朶《じだ》を食《は》みながら、コートから腕を抜かれた。首筋にキスの雨を降らせて、カーディガンとカットソー、流れるようにチノパンのウエストを寛《くつろ》がされる。人間の着物は面倒だと、あれほどボタンの嵌め外しを苦手としていたのに——今ではまったく手元を見ることなく、雪弥のチノパンのボタンは呆気なく外されてしまった。

露《あら》わになった鎖骨を唇で挟みつつ、時折きつく吸い上げ、気づくと下着まで剝《は》ぎ取られている。あまりにも手馴れている様子に、一葉の経験値が垣間《かいま》見えるようで、雪弥の胸に思わず嫉妬《しっと》めいた感情が湧き上がった。

一葉は見た目よりもずっと長くこの世に存在していて、当然、そういうことが何度もあっただろう。男女限らず、雪弥の前にも体を重ねた人間が大勢いたかもしれない。それは雪弥と出会うより以前の話で、もしくはまだ雪弥が生まれていない大昔のことかもしれないが、それでも少し悔しかった。

膝立ちになった一葉が着流しの帯をしゅるりと解いた。

分厚い雲に覆われていた夜空が、ふいに明るくなる。縁側に差し込んだ月明かりが居間にまで伸びる。衣服をすべて取り払った一葉の姿が浮かび上がった。

雪弥はごくりと無意識に喉を鳴らしていた。

惚れ惚れするほど引き締まった体の中心で、雄々しく主張するそれを見た途端、嫉妬心はあっという間に萎《な》えて顔が強張った。

大きすぎる——雪弥は恐怖を覚える。まだ半勃《はんだ》ち程度だというのに、自分の股間でピクピクと首を擡《もた》げているものと比べても、確実に一回り以上は大きい。

雪弥は女性ではないので、本来ならあれを受け入れる器官は存在しない。だから代わりに別の器官を使う必要がある。

これまで自分に関係があるとは思えなかったので詳しく調べたわけではないが、男性同士の性交の仕方くらいは知識としてあった。一葉と再会してからは、もしかしたらと念のためにソッチ系の情報をちょっとだけ漁ったことがあるくらいだ。

その時ですら物理的に無理ではないかと疑ったが、改めて逞《たくま》しく張り出した雄の性器を目の当たりにして、雪弥はざっと青褪める。あんな後ろの小さな孔《あな》にこれほどのものを入れるなんて、絶対に無理だ。

闇の中に一際黒い尻尾がゆらゆらと揺れている。

一葉がゆらりと動いた。反射的に雪弥はビクッと身を強張らせる。

「あっ」

両脚を掴まれて、いきなりぐっと割られた。膝を立てた恰好にされ、股を大きく開かされる。雪弥の股間のすべてが一葉の眼前に露わになる。

「わっ、や、止め……っ」

慌てて内腿《うちもも》に力を込めて閉じようとするも、一葉の腕力には敵わない。腿の間に腹筋の割れた体を割り込ませて、ふいに一葉が雪弥の性器を手に取った。

「うっ」

そこを他人の手で触られるのは初めてだった。

一葉の手がゆるゆると上下に動きだす。

僅かな刺激だけで、あっという間に熱が下肢に集中しはじめる。

彼と一緒に暮らすようになってからというもの、自慰をしていないことを思い出した。雪弥も健全な成年男子だ。二ヶ月も射精をしていないければ、溜まっているのは当然だった。

自分でするのとはまったく違う。予想がつかない一葉の手の動きに煽《あお》られて、すぐに覚えのある愉悦が込み上げてくる。

思わず唇を噛み締めると、一葉が恍惚《こうこつ》としたため息を漏らした。

「雪弥のここはとても綺麗だ」

「なっ」雪弥はカアッと頬を熱くする。「何言ってるんだよ……っ」

「本当のことだ。月の光を浴びて、きらきらと輝いているぞ」

恥ずかしくていたたまれない。震えながら首を起こして下肢を見やると、硬くそそり立った雄の割れ目から、透明な先走りが溢れていた。まるで涎《よだれ》を垂らすかのように、ひくつく先端からだらだらと体液が滴《したた》り落ちている。そこにちょうど帯を掛けるみたいに、白い月明かりが卑猥な股間を照らしていた。

「涙を零してふるふると揺れているぞ。どんな味がするんだろうな、美味そうだ」

「そ、そんなわけ、ないだろ……あっ」

ぱくんと一葉が雪弥の屹立《きつりつ》を口に含んだ。

生温かい感触に包まれて、雪弥は思わず腰を撥ね上げる。「んぐっ」と一葉がくぐもった声を漏らし、更に奥深くまで雪弥を銜《くわ》え込む。

あまりの気持ちよさに眩暈がした。手で扱かれるよりも強烈な刺激が背中を伝い、脳髄まで駆け上ってぶるりと激しく胴震いする。

甲高い声を上げて、雪弥は呆気なく吐精してしまった。

ずるりと顔を引いた一葉が、逞しい喉仏をごくりと大きく上下させた。

「まさか」雪弥は息を乱しながらぎょっとする。「の、飲んだのか？」

「もちろんだ」

一葉が満足そうにぺろりと舌で唇を舐めた。その仕草がひどくいやらしく映って、雪弥はあまりの羞恥に泣きたくなった。

「雪弥は精液まで甘いんだな。美味かったぞ」

萎えた雪弥の性器を手にとり、名残惜しげに舌を這わせてくる。

「や、やめ……そんなことされると、また勃っちゃうだろ……ぁっ、おかしくなるから」

「いいじゃないか。もっともっと雪弥のかわいいところを見たい。それに、これでやめろと言われても困る。まだまだ先があるんだからな」

再び首を擡げ始めた陰茎の敏感な裏筋をねっとりと舐め下ろして、一葉の舌は更にその奥にまで進んでゆく。

肉付きの薄い尻を撫で回していたかと思うと、ぐっと指をかけて左右に割り開いた。露出した恥ずかしい後ろの孔に、ヌルリと湿り気を感じたのはその時だった。

「ひっ！」

雪弥はビクンと背を反らし、引き攣《いじ》った声を上げた。先ほどまで性器を舐めていた一葉の舌が、あろうことか今度は後孔を弄っているのだ。

「や、やめろ……ふっ、ぁ…き、汚いって……ダメだ……っ」

「汚くない。雪弥の体はどこも甘い」

硬く閉ざしていた襞《ひだ》をひとつひとつ舐め溶かすようにして、丁寧に舌を這わせてくる。唾液を絡ませてピチャ、クチュと卑猥な水音が自分の下肢から聞こえてくるのがいたたまれない。尖らせた舌の先で濡れた粘膜を抉って、窄《すぼ》まりの中に強引に捩《ね》じ込まれた。

自分でも触れたことのないところをざらりと舐められる。ゆっくりと舌を抜き差しされると、言いようのない感覚が全身を駆け巡り、ぞくぞくっと肌が粟立《あわだ》った。捲《めく》れた粘膜ごとジュルッときつく吸い上げられて、雪弥は思わず悲鳴を上げる。

ずるりと舌を引き抜く感触があった。ホッとしたのも束の間、すぐさま指を差し入れられる。節の高い長い指が埋め込まれていく。舌よりも奥まで届き、ふいにクイッとある一点を押された途端、驚くほど強烈な快感に襲われた。

「ああっ」

甘く濡れた喘《あえ》ぎを聞いて、一葉が確かめるように訊いてくる。「ここが、雪弥のいいところなのか？」

ぐにぐにと執拗にそこばかりを攻められた。半開きの口からはひっきりなしに嬌声《きょうせい》が漏れて、雪弥は強すぎる快楽に気がおかしくなりそうだった。仕舞いには後ろを弄りながら、再び腹にくっつきそうなほど反り返った屹立を口に銜えられる。前からも後ろからも苦しいほどの快楽を与えられて、今にも意識を手放してしまいそうだ。

自分の股間で一葉の頭が激しく上下していた。動きに合わせて汗で湿った髪が散り、三角の黒い獣の耳も揺れている。

雪弥は空を掻くように手を伸ばし、彼の愛らしい耳の片方を摑んだ。

その瞬間、一葉がピクッと小さく身震いをしてみせる。ずるりと口から雪弥のものを出して、一葉が上目遣いにこちらを見やった。目が潤み、呼吸が荒い。どことなく様子がおかしい。

「……はあ、はあ、そこは、駄目だ。触るな……んっ」

思わず手に力を入れてしまった。わざとではないが、一葉の獣耳をきゅっと摑んでしまう。

一葉が熱っぽい声を漏らし、ぶるりと体を震わせた。前髪が揺れて、普段は隠れている額の三日月傷が露わになる。

「もしかして、ここが一葉のいいところなのか？」

「ち、違う……んっ」

一葉が声を堪《こら》えるような仕草をしてみせた。男の色気が滴る低い喘ぎ声に、雪弥はぞくっとする。もっと彼を喘がせたい――手が勝手に動いた。柔かい獣毛を撫でるように耳を扱いてやる。

「はあ、はあ……っふ……こら、雪弥……駄目だと、言っているだろうが」

「だって一葉、かわいい……あっ」

ぶるんと頭を一振りした一葉が、雪弥の後ろに埋め込んでいた指をずるっと一気に引き抜いた。思い出したように甘い痺れが背筋を駆け上がり、次の瞬間、腿をぐっと摑まれる。両膝を肩に担がれた。腰が高く浮き上がり、柔らかくほぐされた窄まりに熱い昂ぶりがあてがわれる。あまりの熱さに火傷してしまうのではないかと思ったほどだ。

だが、驚いたのはそればかりではない。指とはまったく比べものにならない圧倒的な質量が襞を押し分けて中に入ってくる。

雪弥は目を瞠り、息を呑んだ。あまりの苦しさに声も出ない。体が半分に引き裂かれてしまいそうだ。

「……ふ……くっ、狭いな」

一葉が荒い息を吐き出しながら、困ったように言った。「雪弥、少し力を抜いてくれ」

「……っ、……っ」

だがそんなことを言われても、雪弥もどうしていいのかわからない。無理だと、駄々を捏《こ》ねる子どものように懸命に首を横に振る。その時、一葉の手が雪弥の股間に伸びた。苦痛にすっかり萎えてしまった性器をゆるゆると扱かれると、妖しい疼《うず》きが込み上げてくる。

僅かに力が抜けた隙を見計らって、一葉がゆっくりと腰を進めてきた。長い時間をかけて雪弥の中にすべてを埋め込む。

「雪弥、全部入ったぞ」

「あ……ほ、本当に？」

「ああ。ほら、わかるか?」

ずんと軽く突き上げられて、雪弥は押し出されるみたいにして高い嬌声を上げた。腰を揺すられ硬い熱芯で敏感な肉襞を掻き回されると、強烈な快感が全身を駆け巡る。

「ひっ、ああっ!」

一葉が伸び上がった。硬い腹筋が尻に押し当てられ、疼いて仕方ない最奥を切《き》っ先《さき》で捏ねるようにされる。唇からはとても自分のものとは思えないような甘い声が漏れ、一葉が舌を突き出して目尻に溜まった涙を掬い取る。その僅かな刺激にも、雪弥は甘く啼《な》いた。一葉が汗で張りついた雪弥の髪を掻き上げ、額にそっとキスを落とす。瞼《まぶた》、鼻の頭、両頬。最後に唇を吸って、彼は幸せそうに言った。

「雪弥の中はあたたかくて気持ちがいい。気持ちよすぎて、もう俺も長く我慢ができそうにない。痛くないようにするから、動いてもいいか?」

「ん、んぅ……あっ」

ふいに一葉がゆっくりと腰を引いた。粘膜を捲り上げながらぎりぎりまで自身を抜いたかと思うと、次の瞬間、一気に最奥まで貫く。

目の前に火花が散った。一葉の腰遣いが徐々に速まってゆく。

粘膜を擦り上げられることで得る快楽を初めて知った。がくがくと全身を激しく揺さぶられて、体が背中に敷いたコートの上をずり上がる。首を限界まで反らし、雪弥は必死に掴まるものを探した。汗で滑る一葉の肌に無我夢中でしがみつく。

「雪弥、雪弥」と、熱に浮かされるように一葉が切ない声で繰り返す。一緒に気持ちよさそうな吐息が混ざって聞こえて、雪弥の喘ぎ声も知らず知らずのうちに重なり合ってゆく。

肌がぶつかる音が耳に届くほど、荒々しく貪られた。

しばらくの間、雪弥は我を忘れて甘ったるい嬌声を上げ続けた。一葉の獣じみた低い息遣いに益々興奮を掻き立てられる。

「雪弥、愛している」

濡れた掠れ声が頭上から落ちてきて、ぶるりと胸を震わせた雪弥は思わず下腹部に力をこめた。熱れた粘膜が太くて硬い彼の情欲にねっとりと絡みつくのが自分でもわかった。

「あ……お、俺も……一葉のこと、好きだ……んんっ、愛してる……っ」

次の瞬間、一際力強く最奥を突き上げられた。

下腹に溜まった熱が堰《せき》を切って噴き上げてくる。中が痙攣《けいれん》し、ぎゅうっと一葉をきつく締めつける。

「ああ——ッ！」

雪弥はぶるっと全身を震わせて、二度目の精を勢いよく放った。生温かい白濁が顔に胸に腹に飛び散る。

「……うっ」

ほぼ同時に、一葉も激しく収斂《しゅうれん》を繰り返す雪弥の中へ叩きつけるようにして、夥《おびただ》しい量の迸《ほとばし》りを注ぎ込んだ。


夢を見た。

縁側に祖父が座っていた。

もう一人、しゃりしゃりとスイカにかぶりついている人物が隣に座っている。祖母ではない。大柄な若い男だ。藍染めの着流しを身に纏い、黒々とした不揃いの髪が首の後ろで微風に揺れている。

雪弥は居間の座敷に立っていて、二人の様子を眺めているような構図だった。

男がスイカの種を豪快に庭に飛ばしながら、言った。

「なあ、じいさん。孫はいつ顔を見せるんだ?」

「そのうち来ると思うがなあ」と、祖父が答える。

「前もそう言っていたではないか。あれから一年が経ったぞ」

「そうだったか?」祖父が笑いながら首を捻った。「まあなあ、あの子も忙しいからなあ。昔のように遊びには来れないのだろうよ」

そうか、と男の広い背中が寂しそうに丸まった。

「……約束、したんだがな」

「約束？」

「ああ。あいつはまた会いに来ると言ったんだ」

「それならそのうち来るだろう。まあ、気長に待ってやってくれないか。ほら、もう一個食え。わし一人では食べきれんからな。まだまだたくさんあるぞ」

祖父が男にくし形に切ったスイカを差し出し、自分もしゃりっと真っ赤なスイカに歯を立てる。しゃわしゃわじーじーと蟬《せみ》の声が何重にも鳴って聞こえてくる。

「じいさんは孫に会いたくないのか？」

「そりゃ、会いたいさ」

「会いに行かないのか？」

「それはなかなかなあ。向こうも千雪《ちゆき》さんが亡くなって、男の二人暮らしだ。じじいの相手などしとる暇はないよ。孫が嫁さんをもらって少し落ち着いたら、また顔を見せに来てくれるかもしれんな。それを楽しみに待ってるさ」

「嫁……？」

「曽孫《ひまご》に会うまで生きておったらいいんだがなあ」

「ほう、曽孫か。よし、わかった。近いうちに会わせてやる」

「何だ、お前さんにはいい人がおるのか。そうかそうか、嫁さんを大事にしろよ」

祖父がくしゃりと皺を刻んで目を細めた。逆光で暗い男の横顔もふわっと頰を弛めたのがわかった。白い部分まで齧ったスイカの皮を皿に置き、青い夏の空を仰ぐ。

「会いたいなあ」

濃い緑の山に掛かった入道雲を眺めてしみじみと繰り返す。

「雪弥に、会いたい」


ふっと目が覚める。

目尻から何かがすっと流れ落ちる感覚があった。――涙だ。雪弥は自分が泣いていることに気づいて、ぎょっとした。

隣で眠っていた一葉が目を覚まし、「どうした、雪弥?」と訊いてきた。

「あ、ごめん。起こしちゃったか。何でもない、ちょっと夢を見たんだ」

「夢?」

一葉が上掛けを捲ってのそっと起き上がる。客間の押入れにまだ布団が残っていて、それを使わせてもらったのだ。

雪弥の顔を覗き込み、一葉が慌てたように言った。

「泣いているじゃないか。そんなに怖い夢だったのか?」

「あ、これは違う」雪弥は急いで目元を拭った。「全然、怖いんじゃなくて——夢に、じいちゃんが出てきたんだ。懐かしかったのと、あとは……まあ、いろいろ」

あれは、何だったのだろう。脳が勝手に創造した夢にしては妙にリアルだった。まるで、この家の記憶を見せられているような、そんな印象だった。色も鮮やかで、二人の会話や空気感までもが、今も目を閉じれば瞼の裏にまざまざと蘇ってくる気がする。水気をたっぷりと含んだ甘いスイカの匂い。縁側に差し込む夏のきつい日差し。蟬の声。

祖父の隣に座っていたのは一葉だった。あれはきっと、実際にこの家の縁側で交わされたやりとりに違いない。二人の思い出を、雪弥にも見せてくれたのだ。——そう、思うことにした。

まだ夜は明けていない。

分厚い雲に覆われていた夜空は、いつしか晴れて大きな月が面《おもて》を覗かせていた。部屋の中が存外に明るいのは月明かりのせいだろう。

「じいちゃんと一緒に、一葉もいたんだ」

寒くないようにと、布団を背中からくるむように掛けてくれた一葉がこっちを向いた。

「一葉がさ、そこの縁側に座って、俺に会いたいって言ってるんだよ」

「それは本当の話だな。俺はじいさんと顔を合わせると、いつも雪弥のことを訊いていたからな。雪弥に会いたい会いたいと、息をするみたいにしょっちゅう言っていたぞ」

もぞもぞと布団の中を移動し始めた一葉が、雪弥の背後に回り込んだ。ぎゅっと抱きしめられる。

「もう絶対に離してやらないからな」

「それはこっちのセリフだよ。一葉は俺がお婿さんにもらうんだから」

耳元で、微かに息を呑む気配がした。一瞬の間があって、一葉がぎゅうっと雪弥を抱き竦《すく》める。「雪弥、大好きだ」

「わっ、ちょっと、苦しいって。もう、一葉は馬鹿力なんだからさあ」

筋肉質な腕を軽く叩きながら、くすくすと笑う。俺も大好きだよ、と雪弥も返して、愛《いと》しい彼の手を撫ぜた。ふいに、倒壊した社を見つめて茫然と立ち尽くしていた一葉の姿が脳裏を過ぎる。胸が詰まったみたいに苦しくなった。もう彼に二度とあんな顔をさせたくない。

雪弥は骨張った男の人差し指に、そっと唇を押し当てた。

「一葉にはちゃんと帰る場所があるってこと、忘れるなよ」

「――――!」

言葉もなく、一葉がぴったりと体をくっつけてきた。カーディガン越しに一葉の鼓動が伝わってくる。少し速めのどこか切ない音を刻む心臓。

一葉がくぐもった声で「雪弥、愛している」と言った。

■◇■

電車を乗り継ぎ、椽坂神社の石階段に辿り着いたのは、もう日が大分傾いた頃だった。

鞄の口から小さな頭をひょっこり覗かせていた一葉を、外に出してやる。

ぴょんぴょんと一人で階段を上るのかと思えば、じっと雪弥を物言いたげなつぶらな瞳で見上げてきた。仕方ないな。雪弥は微笑んで、黒い小犬を抱き上げてやる。尻尾をちぎれるほどに振って、一葉が雪弥の胸元に尖った鼻先を埋めてきた。

『やっぱりこの匂いが一番だな』

伸び上がってくんくんと鎖骨の窪みを嗅いでいた一葉が、次第にぺろぺろと舌を突き出して首筋を舐め始めた。

「こら、くすぐったいって」

『長い時間、ずっとその鞄の中に入っておとなしくしていたんだぞ？　もう限界だ。雪弥を補充しないと力が湧かない』

「だったら今度は足枷も嵌めて根こそぎ力を吸い取ってやろうか」

第三の声が頭上から降ってきて、雪弥と一葉はハッと視線を撥ね上げる。石段の上から白装束をはためかせた紫紺丸が二人を睨み下ろしていた。

「わっ、コ、コン！」

雪弥は慌てて自分の肌を舐め回している一葉を引き剝がした。小さな体を高々と掲げて、名残惜しそうにしている一葉の顔を紫紺丸に向ける。

「ただいま。一葉も無事に戻ったよ」

紫紺丸がフンと鼻を鳴らした。父には電話で報告しておいたので、紫紺丸にも伝わっているはずだ。どうでもいいような顔をしているが、内心では歓迎してくれているに違いない。

一葉もフンとそっぽを向いた。

これまでの事情は雪弥の口から話してある。一葉は自分が記憶喪失だったことをいまだに信じられないようだった。彼にとっては雪弥と一緒に海に行ったのがつい二日前の出来事で、窃盗犯を捕まえたことも覚えていたのだが、途中から急に記憶があやふやになり白く靄《もや》がかかっているみたいだという。

とにもかくにも、無事に記憶が戻って本当によかった。父と紫紺丸もとても心配していることを伝えたから、どういう顔をしていいのかわからないのだろう。

急いで階段を上がると、すでに夕拝を済ませた境内はひとけがなく静まり返っていた。

社務所に灯《あか》りがついている。父が残って雑用をしているのだろう。

「帰りに弁当を買ってきたんだ。父さんを呼んでくるから、コンも一緒に食べよう」

振り返った時だった。

「おい、雪弥」紫紺丸が険しい顔をして言った。「お前、腹に何を仕込まれた！」

「え？」と、雪弥が首を傾げるのと同時に、紫紺丸がずいっと顔を近づけてくる。

「わっ、な、何？　急にそんなに寄るなよ。びっくりするだろ」

「びっくりするのはお前の腹の中のものだ。昨日の今日で一体どういうわけだ」

紫紺丸が怖い顔をして睨みつけてくる。雪弥はぎょっとして思わず三歩後退《あとじさ》った。しかしすぐに距離を詰められてしまう。

「え？　は、腹？　腹が何……」

長身の紫紺丸に至近距離から見下ろされると、威圧感がすごい。鬼の形相でじっと彼が見つめているのは雪弥の顔ではなく、なぜか腹部だった。腹の中のもの——紫紺丸はそう言ったようだったが、どういう意味だろうか。昼に駅弁を食べた。あとは一葉が欲しがった売店で買ったエクレアをおやつに食べたくらいで、おかしな物は口にしていないはず。

困惑している雪弥の腕の中から、ぴょんと一葉が飛び下りた。あっという間にヒトガタを取り、雪弥と紫紺丸の間に割って入る。

「おい、阿呆キツネ。雪弥にあまり近づくな。キツネ臭くなるだろうが」

シッシと一葉が紫紺丸に向けて手を振った。

「貴様の仕業《しわざ》だな」

紫色の目をすっと眇めた紫紺丸が、その手を掴む。

「は？　え」

そして、容赦なくぐるんと捻り上げた。次の瞬間、「うおっ⁉」気を抜いていた一葉の長《ちょう》躯《く》が、まるでオモチャみたいにあっけなく引っくり返る。ドスン。地面に仰向けに転がった一葉はぽかんと空を見上げ、雪弥もびっくりして目と口を丸くした。

「──い、一葉、大丈夫……」

「雪弥」紫紺丸に低く遮られた。「臭うぞ。お前の腹からどうも忌々しい嫌な気がプンプン臭ってくる。昨夜、この馬鹿イヌに何をされたんだ？　言ってみろ」

「え？　なっ、なななな何って……っ」

裏返った声を上げながら、慌てて首を横に振る。だが瞬時に顔がカアッと火を噴いたように熱くなり、目は宙を泳いで口は意味もなくパクパクと金魚の如く閉じたり開いたりを繰り返す。紫紺丸がこの世の終わりだとでも言いたそうな顔をした。ゆるゆると嘆くように首を左右に振ると、重苦しいため息をつく。

そして、とんでもないことを言った。

「雪弥。お前──神の子を身籠《みごも》ったな」

「……え？」

「おい、キツネ！　それは本当か！」

雪弥が意味を理解するより早く、素早く飛び起きた一葉が叫んだ。

「この馬鹿イヌは本当に馬鹿か。自分のしでかしたこともわからぬのか」

「ということは、本当なんだな！」

「ちょ、ちょっと待ってよ。二人で先に話を進めるなよ。俺、まだ何のことだか……」

「雪弥、でかした！　俺のややこがこの中にいるぞ」

「は？」

一葉が興奮気味に雪弥の腹に手のひらを当てた。しゃがみ込み、なぜか嬉しそうに腹に三角の耳を寄せてくる。雪弥は思わずごくりと生唾《なまつば》を飲んだ。こういう仕草をする男性を見たことがある。女性の、大きく張り出したおなかに。

雪弥は焦った。「や、やこ……？」

「赤ん坊のことだ」と、紫紺丸が丁寧に言い直してくれる。

「赤ちゃん……え？　俺の中に？　ハハッ、そんな、まさか。だって俺、男だし……」

咄嗟に自分の腹に手を当てた。すると腹の中で、ぽこんぽこんと何かが動いているような気配を覚えてぎょっとする。徐々に腹の内側が熱を孕んで、ぽかぽかとあったかくなっていくように感じるのは気のせいだろうか。いやいや、何かの冗談だろう？　まさか昨夜のあれで、本当に俺は一葉の子を身籠ってしまったとでも――？

しかし、まだ現実を受け入れられない雪弥とは反対に、一葉も紫紺丸もすっかりそれを決定事項として話を進めている。

「ありがとう、雪弥！　お前もややこも絶対に幸せにするからな」

え？

「稲荷神社の跡継ぎが、まさか狗神の子を身籠るとはな。博嗣にどう説明をするつもりだ。まったく、前代未聞だぞ」

ええっ？

「俺ができることは何でもするから、雪弥は安心して元気なややこを産んでくれ」

「確か、狐神と人間の間に生まれた者が過去にもいたな。詳しく話を聞いてみるか」

「ちょ、ちょっと待ってよ。俺に赤ちゃんって、えええ――っ!?」

夕暮れの境内に雪弥の叫び声が響き渡った。

狗神様とベイビーパニック

■□■

ぽっこん、ぽっこん。

雪弥《ゆきや》は肉づきの薄い自分の腹をよしよしと撫でながら、こっそり頬《ほお》を弛《ゆる》ませた。

妊娠七週目。

「……今日も元気だな」

雪弥の腹の中では、一葉《いちよう》との子どもが順調に育っている。

紫紺丸《しこんまる》の仕入れた情報によると、妊娠期間は約九週間だそうだ。このままだとあと半月後には赤ちゃんが生まれてくることになる。出産は年明けの予定だが、年末年始は神社も大忙しなので、その間は我慢していて欲しいなと思う。

大体、男の雪弥が一葉の子を身籠《みご》ること自体が不可思議でしかないのだ。しかし相手が神様である以上、人間の常識は通用しないのだろう。そう考えて受け入れるしかなかった。

雪弥の腹の中では確かに新たな生命が宿っているのだ。

だが、発覚した時は大騒ぎだった。

紫紺丸が見守る中、一葉と二人で父に事情を説明し、黙って聞いていた父がにこにこしながら突然倒れた。まさか一人息子が狗神様《いぬがみ》とできていて、子どもまで身籠ってしまうとは、これまでの人生で想像もしたことがなかったに違いない。想像しろといっても無理な話だ。父も一葉のことはいい神様だと崇《あが》めていたが、さすがに自分の義理の息子になると聞いて、すぐには事実を受け止められなかったようだった。

しかし一日が経《た》ち、まるで憑き物が落ちたような穏やかな顔をした父は、何かを悟ったみたいに言ったのだった。

——まあ、もうこうなってしまった以上、あれこれ騒いでも仕方ない。この職業はある意味、神に嫁ぐようなものだから。雪弥が決めたことだ。紫紺丸様もすでに諦《あきら》めたと仰《おつしや》って怒ってはおられないようだし、父さんは応援するよ。

涙ぐむ雪弥より先に一葉がその馬鹿力で父を抱き締め、紫紺丸に蹴り飛ばされていた。そんなこんなで家族の話し合いは円満に解決し、後は赤ちゃんが無事に生まれてくることを祈るばかりだ。父に御祈禱《ごきとう》をお願いして、まずは安産祈願を行った。

何せ初めての経験なので、男四人集まっても勝手がよくわからない。

まず、出産方法からしていまいち不明なのだ。紫紺丸が言うには長い歴史上、人間の女性が神の子を身籠ったことはあっても、男が身籠る話は聞いたことがないという。女性の場合は、人間の赤ちゃんを出産する過程とまったく同じ道を辿《たど》って生まれてくる場合もあるし、別パターンも存在するそうだ。おそらく雪弥の場合は体の構造上、別口のパターンだろう。

それはどういうものかと訊《たず》ねると、紫紺丸からは短い一言が返ってきた。「わからん」だが、彼なりに情報収集をしてくれているようで、最近は社殿の上で寝そべる姿をあまり見かけない。

一葉は一葉で暇があれば父と二人で頭を突き合わせ、出産・育児雑誌を読み漁《あさ》っている。人間の赤ちゃんのことを調べてもどうしようもないと思うのだが、本人たちは一生懸命なので口出しするのも憚《はばか》られる。

結局、一番冷静なのは、雪弥かもしれなかった。

「みんな大騒ぎしすぎだよなあ。お前もびっくりしちゃうよな？　父さんなんて、今からオモチャまで買ってるんだぞ」

竹箒《たけぼうき》で境内《けいだい》を掃きながら、自分の腹に向けて話しかけるのが日課になっていた。人間の女性のように、腹部が目立って大きくなることはないらしい。服を脱いでも特に体に変化はなく、ぺったんこなままだ。本当に赤ちゃんは大きくなっているのかと不安だったが、紫紺丸情報によるとこういうものらしいので心配しなくてもいいそうだ。出産間近になると、自然と兆候が現れるらしい。赤ちゃんを取り上げる時は、父親である一葉の力が必要となる。今のところ、わかっているのはそんなところだ。

「一葉はせっせと靴下を編んでるし。美月《みづき》さんに教えてもらってるんだって。赤ちゃん用の靴下とか帽子とか手袋とか、ちいちゃくてかわいいのがいっぱいあったぞ」

ぽっこん、ぽっこん。

「おっ、どうした。喜んでるのか？」

雪弥は腹をさすった。よく妊婦さんが、赤ちゃんが蹴っていると言うが、それと似たようなものなのだろうか。蹴られている感じはないが、腹の内側で何かがはしゃいで跳ねているようなイメージ。おなかの中からでも、父親の愛情が感じられて嬉《うれ》しいのだろう。

その時、「雪弥！」と声が聞こえてきた。噂をすれば何とやらだ。

「またそんな恰好《かっこう》で歩き回って。風邪をひいたらどうする。今が一番大事な時期なんだぞ」

一葉が慌てて駆け寄ってきて、雪弥に分厚いコートを羽織らせた。

「大丈夫だよ、ちゃんと着込んでるし。そんなに着ると動きにくくなる」

「動かなくていい。ちょっとはじっとしていろ」

「別に体調が悪いわけじゃないんだから、じっとしている方がかえって体に良くないよ。朝の掃除は日課だし、きちんとしないと」

「駄目だ、箒を貸せ。みろ、手がこんなに冷たいじゃないか。まったく油断も隙《すき》もない。掃除は俺がするから、雪弥はもう家の中に入れ。コンが部屋を暖めているはずだ。ゆっくり茶でも飲んでいろ。体を冷やすのは良くないからな」

ブツブツ小言を漏《も》らす一葉に箒を奪われてしまった。赤ちゃんができたことで、一葉と紫紺丸の結束が強まったのはいいことだが、とにかく二人の監視が厳しい。何かしようとするとすぐに飛んできて、あれは駄目だ、これは危ないと口出しされる。ここに父まで加わって、ただの日常的な作業が大騒動になってしまうのだ。

一葉に背中をぐいぐい押されて、雪弥は仕方なく家に戻ることにする。途中、落ち葉の塊を見つけた。ついでだから拾おうとすると、すかさずゴホンッと咳払《せきばら》いが聞こえてくる。チラッと振り返る。一葉がじっとこちらを見ていた。どうやら雪弥が余計なことをしないか、家に入るまで見届ける気らしい。

「……お前のパパは心配性でちゅねえ」

腹を撫でながら、思わず赤ちゃん言葉になってしまった。

周囲はいろいろと気遣ってくれるが、雪弥としては特に目立った体調の変化はなかった。少々多めに睡眠をとる以外は以前と何ら変わりない。いつも通り神職の仕事をこなして、一葉の作った栄養満点のごはんをもりもり食べ、ぐっすり寝る。

唯一変わったことと言えば、雪弥の一日のスケジュールの中に、ある時間が新たに組み込まれたことだ。すなわち、胎教のために必要な一葉との気の交感である。

妊娠二週目に入った頃、雪弥と一葉はどこかに出かけて戻ってきた紫紺丸に呼ばれた。

——母体は常に精神の安定を保つことが必要なんだ。まずは雪弥が馬鹿イヌに愛されていることをしっかりと感じ満たされなければいけない。その上で定期的に交わり、神の気をその体に取り込むことで、ややこの成長を促《うなが》す。怠れば、ややこの魂が危険に晒《さら》される可能性もあるらしい。いいか、二人の愛情を一身に受けてややこは生まれてくるのだぞ。

紫紺丸の教えを受けて、雪弥はカアッと顔を熱くし、目を輝かせた一葉は鼻の穴を膨らませたのだった。

それからというもの、一葉は毎晩のように雪弥の部屋に忍び込んでくる。

以前も勝手に布団の中に潜り込んではいたが、黒い獣の姿とは違って、ちゃっかりと人間の姿でやってくるのである。そして、限界知らずの彼は雪弥がもう無理と言うまで、しつこく濃密な愛をたっぷりと注ぎ込んでくるのだった。

一日の仕事を終えて、風呂に入っていると、突然誰かが戸を開けて中に入ってきた。

「い、一葉！」

振り返ってぎょっとする。シャワーの湯気が立ち上る中、素っ裸になった一葉が立っていたからだ。

「うわっ、何で入ってくるんだよ！　俺に先に入れって言ったのはそっちだろ……っ」

今夜は父が自治会の会合で出かけている。いつもは手が空いた者から順に風呂に入るのだが、今日は夕飯の片づけを済ませた後、一葉が雪弥に一番風呂を譲ってくれたのだ。

「たまには一緒に入るのもいいと思ったんだ」

にやりと一葉が笑った。

「俺が先に入ると、雪弥は遠慮して入ってこないかもしれないからな。俺が後から入ることにしたんだ」

「こんな狭い場所に二人もいたら窮屈だろ。一葉はただでさえでかいんだから」

「でも、狭い方がこうやってすぐにくっつけるぞ」

軽く腕を引かれて、ぴとりと肌と肌が密着した。

「ちょ…っ」雪弥はどぎまぎする。「ちょっと待って、一葉。何する気だよ」

「何って、今夜の営みだ。いつも雪弥の部屋だが、今日はここでしてみないか？」

「えっ⁉ こんな場所で……っ！」

「博嗣《ひろつぐ》が留守だからちょうどいい。ここだと声がよく響く。雪弥はいつも我慢しているからな。かわいいのにもったいないと思っていたんだ。そうだ、まずはお前の体を洗ってやる」

「えっ、いいよ、自分で洗うから。もう、いいってば……んっ」

一葉がボディーソープを泡立てた手でヌルヌルと雪弥の肌をまさぐり始めた。背後から抱きしめるようにして胸を揉まれる。女性のような膨らみは一切ないのに、一葉は楽しげに雪弥の薄い胸に両手を這《は》わせてくる。

小さな尖《とが》りを摘《つ》ままれて、雪弥はくぐもった声を漏《も》らした。

これまで気にも留めていなかったのに、一葉にそこを触られるようになってから急に敏感

になったような気がする。白い泡が胸元を覆い、その中で赤く色づいた突起がツンと主張している。泡にまみれているせいか、余計に卑猥《ひわい》な色と形に見えた。

「雪弥のここはかわいい色をしているな」

肩に顎《あご》を乗せるようにして、一葉が覗《のぞ》き込みながら言った。

「桃色よりも濃い赤をしている。ツンと尖って、こりこりしているぞ」

「んっ……あ、もう、そんなにいじるなよ……んぅ」

「こんなふうに泡に埋もれていると、すごく美味《うま》そうだ。この前、雪弥が作ってくれた苺《いちご》けえきに似ている」

ぎゅっと指先で摘まんでくりくりと捻《ひね》るようにされる。ピリッとした痛みともどかしい快感が背筋を駆け上った。

「ああっ」

思わず背中を大きく反らし、内腿《うちもも》にぐっと力を入れる。そこにすかさず一葉が、太腿の裏側から膝を捩《ね》じ込んできた。敏感な腿の内側を擦《こす》り上げるようにして、膝で雪弥の股間をぐにっと刺激してくる。すでに半分ほど勃《た》ち上がっていた劣情を更にぐにぐにと膝で押し上げられた。

「あっ、あ、あ、あ……っぁ、んんっ」

狭い浴室に濡《ぬ》れた声が響き渡る。股間を揉みこまれて、踏ん張っていた膝もガクガクと震えだす。背中と腰を支えてもらっていなければ、今にも頽《くずお》れそうだった。

シャワーの湯が跳ねて、胸の泡を綺麗《きれい》に流してくれる。しかし、そのままシャワーは雪弥の肌を温め続け、水圧に弾《はじ》かれた突起から新たな刺激が湧き上がる。

雪弥は首だけ捻って、背後の一葉を睨《にら》みつけた。

「……はあ、はあ、一葉……んっ、もう、そんなに……ぁ……イ、イジワルするなよ……早く、こっちに欲しい……っ」

堪《たま》らず腰を揺すって、自ら一葉の筋肉質な腿に小ぶりな尻を擦りつけた。間近で視線が交錯し、一葉が軽く目を瞠《みは》る。そして、ニヤリと口の端を引き上げた。

「雪弥は、だんだんと助平になっていくな」

確かに、そうかもしれない。腹の子が関係しているのかもしれないが、無性に一葉と触れ合いたくなる時がある。羞恥《しゅうち》を押して一葉を誘い、抱いてもらわないと体が疼《うず》いて仕方ないのだ。

「……こういうの、ダメか？」

「いいや」一葉が小さく頭を振る。「かわいくて助平な嫁は大歓迎だ」

ごりっと己《おのれ》の腰を押しつけてきた。完全に勃起《ぼっき》した立派な雄の感触に、雪弥はゾクッとする。それが自分の中に入ってくる瞬間を想像して、思わずごくりと喉を鳴らした。

水滴の飛び散った壁に手を突く。背後に立つ一葉に向けて、腰を差し出した。

温水を浴びて体の筋肉もほぐれ、尻の窄《すぼ》まりも軽く弄《いじ》ってもらっただけですぐに一葉が欲しくなる。

「あ、早く……ん……あ、ああっ」

鋭い切《き》っ先《さき》があてがわれたかと思うと、凶器のように硬くて太い一葉の熱棒が雪弥を奥まで一気に貫いた。

敏感な最奥を力強く突き上げられて、雪弥はあられもない声を上げる。気持ちよすぎてどうにかなってしまいそうだ。

すっかり一葉の大きさに慣れてしまったそこは、貪欲に屹立《きつりつ》を締め上げる。

「雪弥の中はいつも気持ちいいが、今日は特にすごいことになっているぞ？　ぐねぐねとうねって絡《から》みついてくる。くそっ、気持ちよすぎてとろけてしまいそうだ」

「あっ、あっ、あ、あ」

逞《たくま》しく張り出した長いそれで中を執拗《しつよう》に掻《か》き混ぜられた。感じる部分を幾度も攻められて、雪弥は嬌声《きょうせい》を上げながら腰を振って彼の動きに合わせる。接合部分からグチュヌチュと、シャワー音に掻き消されないほどの卑猥な水音が響き渡る。

激しく揺さぶられながら、腹の中でぽっこんぽっこんと赤ちゃんが喜んでいるのがわかった。一葉に愛され幸せの絶頂にいる雪弥の気持ちがこの子にも伝わっているのだろう。

お前のパパは俺もお前もとっても大事にしてくれる優しい狗神様だよ。早く出ておいで。

「んあっ」

一葉の腰の動きが一層激しくなった。きつく抱きしめられて、足の裏が床から浮くほどの勢いで突き上げられる。雪弥の中でぐんと膨れ上がった雄が弾けるようにして精を放つ。

「――っあ、あ、ああ……っ！」

押し出されるようにして、雪弥の屹立も噴き上げる。壁に散った白濁がいやらしい筋を描きながら床に垂れて、シャワーの温水と混じり排水口に流れていった。


年が明けた。

初詣の参拝客で賑《にぎ》わう三が日を、雪弥は一葉がハラハラしながら見守る中、忙しく動き回り、更に三日が過ぎた頃――一月七日。

その日は朝から妙に体がだるかった。

頭が重く、熱っぽくて食欲も湧かない。これまでが元気だった分、この変化は明らかにおかしいと自覚があった。腹に手を当てると、ぽっこん、ぽっこんがいつにも増して大きく響いて聞こえる気がする。

これはいよいよか――一葉をはじめ、紫紺丸と父にも緊張が走った。

「雪弥、苦しくないか？　寒くないか？」

「大丈夫。どっちかといえば、ちょっと暑いくらい」

「暑い？　団扇《うちわ》はどこだ」

キョロキョロとする一葉の向かい側から、紫紺丸が自身の白装束の袖《そで》をパタパタとはためかせて、風を送ってくれる。

「あ、涼しい」

「今朝から何も腹に入れてないが、食べたいものはないのか？」

「うーん、あまり食べられそうにないかも」

「喉は渇かないか？　あったかいものがいいか？　それとも冷たい方がいいか？」

「うーん、水がほしい」

「水か？　よし、わかった。すぐに持ってくるからな」

一葉がすぐさま部屋を出て行った。紫紺丸が「騒がしい奴だ」とぼやき、パタパタと雪弥を扇ぎ続ける。

「どうだ、ややこに何か変わった動きは見られないか」

「うーん、あまりよくわからないな。ぽっこんぽっこんしてるんだけど、別に動いてるような気配はないし、痛みがあるわけでもないし……」

異変が起きたのは、正午を回った頃だった。

ちょうど父も昼食をとりに一旦家に戻っていて、三人が入れ替わり立ち替わり雪弥の様子を見に部屋を訪れていた時だ。

「あっ……あれ？」

横になっていた雪弥は咄嗟に腹を押さえた。

「おい、どうした！」

ぬるくなったコップの水を入れ替えるため、ドアを開けた一葉が慌てて引き返してくる。

「今、何か……赤ちゃんが、動いた気がする」

「何⁉」

騒ぎを聞きつけて、紫紺丸と父も部屋に飛び込んできた。「生まれるのか！」

「おい、キツネ！　今、腹の中でややこが動いたらしい。ど、どうすればいい？　ややこはどこから出てくるんだ？　俺はどこで待ち構えていればいい？」

「……わからん」

「何て役立たずなキツネだ」

「何だと？」

「まあまあ」父が慌てて間に入った。「お二人とも、落ち着いて下さい。雪弥、どうだ？どんな感じなんだ」

「おなかの中で、何かがぽっこんぽっこん動いているような感じ？　膨らんだり縮んだりして、軽く内側から押されてるみたいな……うっ」

一瞬腹部に鈍い痛みが走って、雪弥は小さく呻《うめ》いた。「雪弥！」と、三方向から取り乱したような声が上がる。

「はあ、はあ、な、何かちょっと苦しいかも……あれ？」

体内に、明らかな異変を感じる。

「あ——あ、あっ、あっ、ヤバイ、赤ちゃんが膨れだした……あっ、あっ」

「膨れる？」父が焦ったように叫ぶ。「どういうことだ、雪弥！」

紫紺丸も珍しく動揺している。「腹は特に膨れていないようだが、中でややこが大きくなっているのか？」

「……たぶん。だってこれ、中からすごい力で押されてるって。おなか、本当に膨らんでない？　今にもはちきれそうなんだけど……」

その時、雪弥の手を握っていた一葉がハッと目を瞠《みは》った。「二人ともどいてくれ！」と、紫紺丸と父を押し退《の》けて、雪弥の腹の前を陣取った。緊張した面持ちで、腹部にそっと両手を当てる。

「ここだな、雪弥」

「う、うん。そう。そこら辺を中心に膨らんで……あっ、急に熱くなってきた」

圧迫感が一段と強くなり、一葉が手を当てた部分が急速に熱を帯び始める。

「わかった、見えたぞ」一葉が言った。「いい子だ。俺がちゃんと受け止めてやるから、安心して出てこい」

ぐうっと熱の塊が腹の中で一気に膨らむようなイメージが頭の中を過《よ》ぎった。額《ひたい》にびっしりと汗が浮き、いよいよはちきれてしまうのではないかと恐怖を覚えた次の瞬間、ぽんっと雪弥を圧迫していたそれが外に飛び出した感覚があった。

ほぼ同時に、一葉が両手で掬《すく》い上げるようにしてそれを受け止める。

「……雪弥、ややこだ。ややこが生まれたぞ！」

一葉が喜びの悲鳴を上げた。それを聞いて、雪弥もほっとする。全身の力が抜けて、ぐったりとした。もう腹の中に違和感はなく、ここにいた子が無事に生まれたのだと実感する。

紫紺丸も気が抜けたように息をつき、父は目頭《めがしら》を押さえて涙ぐんでいた。

「雪弥、ほら。かわいい俺たちのややこだ」

一葉がお椀の形にした両手の中にいる赤ちゃんを見せてくれた。

「うわあ、小さい」

そこには、両の手のひらにすっぽりと収まってしまう大きさの黒い獣がいた。目がまだ開いておらず、小さな黒い鼻からピスピスとかわいらしい呼吸音が聞こえてくる。この子が二ヶ月も自分の腹の中にいたのだと思うと感慨深かった。無事に生まれてきてくれて本当によかったと心の底から神様に感謝する。

「狗神様の赤ちゃんってこんなふうに生まれてくるんだ。チビ一葉にそっくりだな」

「そうか？　俺にそっくりか」

一葉が嬉しそうに言って脂下《やにさ》がる。紫紺丸が呆《あき》れたような目で一葉を見やり、手の中の赤ちゃんをじっと見つめてこっそり頬を弛ませた。赤ちゃんは当たり前だがまだ自身の力をコントロールできないので、父の目にもはっきりと見えるらしい。一葉からそっと小さな体を受け取り抱かせてもらった父は、すっかりおじいちゃんの顔になっていた。

続いて紫紺丸が赤ちゃんを抱き、雪弥に戻ってくる。

「かわいいなあ」

手の中の小さな生命が愛《いと》しくて愛しくて堪らない。

「名前を決めなくてはな。雪弥と一葉の子だから、雪一《ゆきいち》というのはどうだ？」

「雪一なんて平凡だ。雪丸《ゆきまる》の方がかっこいいと思わないか。なあ、雪弥」

「それだとお前と雪弥のややこみたいだろうが！　冗談じゃないぞ。キツネは口出しするんじゃねえ！」

「もう、二人ともうるさい！　赤ちゃんがびっくりするだろ」

雪弥は睨みつける。すると二人ともピタリと言い合いを止めた。慌てて口を噤《つぐ》む。赤ちゃんの力はすごい。雪弥は込み上げてくる笑いを堪えながら、我が子に話しかける。

「ねえ？　まったく、うるさいパパとコンおじちゃんでちゅね」

紫紺丸が「コンおじちゃん!?」と、ショックを受けたみたいに固まった。

子どもの名前は弥一《やいち》に決まった。

いくつか候補を出し合ったが、結局、二人の名前から一文字ずつ取って組み合わせたのだ。一葉は大賛成し、雪弥としても少し古風なところが狗神の子どもっぽくて気に入っている。

「弥一、弥一？　あれ、どこに行っちゃったんだ？」

居間にいるはずの息子が見当たらず、雪弥は首を捻った。まだ昼前だがちょうど手が空いたので、様子を見に戻ってきたのだ。

生まれてまだ半月ほどだが、予想以上にぐんぐん成長して、今ではもうハイハイまでできるようになってしまった。大きさも一葉がチビイヌに変化した時とほぼ同じぐらいだ。

生後一週間でくしゃみと同時にヒトガタに変化し、黒い耳と尻尾《しっぽ》もちゃんと生えた立派な狗神の姿を披露した時は、雪弥たち大人は大興奮だった。真っ黒な瞳は父親譲りだが、小ぶりの鼻ときゅっと口角の上がった口元は雪弥によく似ている。興味津々に動き回る子どもは目を離すと何をするかわからないので、毎日大騒ぎだ。

もう少し暖かくなったら、弥一を連れて墓参りに出かけようかと、一葉とも話し合ったところだった。亡くなった母と祖父母たちにも二人を紹介したいと思う。特に父方の祖父とは、一葉も懇意にしていたようだから、弥一を見せてやりたいと言っていた。

弥一の面倒は、昼間は紫紺丸と一葉が交代でみている。雪弥と父は仕事の合間に手の空いた時を見計らって様子を見に行くようにしていた。

今日は朝から女性参拝者が多く、黒犬様が大活躍だったので、紫紺丸が弥一の相手をしてくれていた。

いつもは居間で遊んでいるのだが、今日は姿が見えない。

「弥一？　コン？」

台所や父の部屋を覗いたが誰もおらず、もしかしてと階段を上る。雪弥の部屋のドアを開けると、案の定、紫紺丸と弥一がいた。六畳間の和室に窓から暖かい冬日が差し込み、陽だまりの中に二人が仲良く寄り添ってすやすやと眠っている。

雪弥は思わず微笑《ほほえ》んだ。

「おい、雪弥。弥一はどこだ？」

昼食の準備をするために戻ってきた一葉が、階下から声をかけてくる。雪弥はシーッと人差し指を立てて、こっちこっちと手招いた。一葉が怪訝《けげん》そうに首を傾《かし》げながら、足音に気をつけて階段を上ってくる。

「あれ。見てよ」

部屋の中を指差した。雪弥の肩越しに一葉が覗き込む。

白狐姿の紫紺丸の箒尻尾にくるまれて、弥一がすうすうと気持ちよさそうに寝息を立てていた。つなぎのズボンの尻から飛び出た小さな黒い尻尾が、真白な獣毛の中にちょこんと埋もれている。紫紺丸も何の反応も示さないところを見ると、珍しく居眠りしているようだ。

「あーあー、またお饅頭《まんじゅう》を食べて」

社務所で授与品と一緒に販売している『御縁饅頭』の箱が開いている。弥一のもみじのような両手には黒犬様と白狐様の焼印がついたかわいらしい饅頭がしっかりと握られていた。彼のお気に入りだ。

「どうりで仕入れ数より一箱減っていたはずだ。キツネの仕業だな」

「もう、コンは弥一に甘いんだから」

「おかげで、弥一も妙にキツネに懐いてしまってるしな。これは早いうちにどうにかしなければ父としてのぷらいどが……」

一葉がブツブツと不満を零《こぼ》している。弥一は紫紺丸の膨らんだ尻尾が大のお気に入りで、いつもキャッキャと追いかけ回して遊んでいる。紫紺丸も満更でもない様子で、よく尻尾を動かし相手をしてやっていた。

「あの二人を見ていると、まるで自分の子どもの頃を見てるみたいだ」

懐かしく思い、僅《わず》かに目を細める。一葉がムッとしたように言った。

「雪弥もあのキツネとあんなふうに寝てたのか？」

「うん。俺もよくコンには遊んでもらったから。ふかふかしてて気持ちいいんだよ、コンの尻尾」

「そんなに尻尾が好きなら、後で俺のを好きなだけ触らせてやる。あいつより俺の尻尾の方が気持ちいいぞ」

いきなりぎゅっと背後から抱きしめられて、雪弥は面食らった。首筋に鼻の頭を擦りつけるようにして、くんくんと匂いを嗅《か》がれる。一葉のクセだ。

「な、何してるんだよ。弥一が起きたらどうするんだ」

「ぐっすり寝てるから大丈夫だ。それに、親が仲良しだと子どもも嬉しいだろ」

柔らかい耳朶《じだ》をやわやわと甘嚙《あまが》みされて、雪弥はピクッと体を震わせる。「こっちを向けって」と、直接鼓膜に声を注ぐようにして囁《ささや》かれた。胸が妖しく跳ねて、体温も上がる。

「もう……んんっ」

咎《とが》めるような声と共に首を捻った途端、唇を塞がれた。

「……やっぱり雪弥の唇は甘いな。俺は饅頭より雪弥のしゅーくりいむが食いたい」

相変わらず横文字の苦手な一葉が、甘えるように頬をすり寄せてくる。

「わかったよ。材料はあるし、今夜作ろうか」

「本当か！」と、一葉が声を上げた。雪弥は慌てて彼の口を手のひらで覆う。「声が大きい、起きちゃうだろ」

一葉が目をぱちくりとさせて、口を噤む。だがすぐに、ぺろんと雪弥の手のひらを舐《な》めて

きた。

「ひゃっ」びっくりして手を離す。「な、何するんだよ」

「雪弥、愛してるぞ」

一葉の言葉に雪弥は思わず押し黙ってしまった。カアッと頬が熱くなる。かわいいお嫁さんとかわいい子どもに囲まれて幸せに暮らすのが夢だった。想像していた構図とは少し違ってしまったが、一葉との間に弥一が生まれ、父と紫紺丸が見守ってくれている今の自分はとても幸せ者だ。

「……俺も、愛してるよ」

見つめ合い、声を堪えて笑った。

どちらからともなくキスを交わす。陽だまりの中で、呆れたように白い箒尻尾がパタパタと揺れていた。

お狐様の悩みごと

メソメソと湿っぽい気配が近づいてきたかと思えば、足にトンと何かがぶつかってきた。

白装束にぎゅっとしがみついてくる、小さなイキモノ。

「……ひ、っく、えっぐ、ううっ、コ、コン……うええぇぇん」

丸い目を真っ赤にして、涙と鼻水でぐちゃぐちゃになった顔を袴《はかま》にぐりぐりと擦《こす》りつけてくる。子どもというのは容赦がない。

「…………おい。どうした」

内心でため息をつき、問いかけた。嗚咽《おえつ》を零《こぼ》しながら、鞠《まり》ほどの大きさの頭がゆっくりと持ち上がる。——神聖な白袴に粘着質な洟《はな》がびろんと糸を引いていた。

「ゆ、ゆきやが……えっぐ」

「雪弥《ゆきや》？」紫紺丸《しこんまる》はああなるほど、と頷《うなず》く。「また、何か悪さをして雪弥に叱《しか》られたのか」

弥一《やいち》がしゅんと項垂《うなだ》れた。この角度から見下ろすと、子どもの鼻はぺったんこで拗《す》ねて尖《とが》らせた唇だけが突き出して見える。

弥一は雪弥と一葉《いちよう》の間に生まれた人間と神の子だ。とはいえ、やはり神の血が強いのだろう。まだ誕生して半年も経《た》っていないが、すでに二足歩行で駆け回っていた。人間の子どもでいうと、二歳児くらいの大きさだろうか。頭と尻には黒い獣《けもの》の耳と尻尾《しっぽ》が生え、父親にそっくりだ。

しかし、まだ力が不安定で人間に化けても長時間姿を保つことは難しく、車のクラクションに驚いてポンッとチビ犬に変化してしまうこともある。一葉とよく練習をしているところを見かけるが、なかなか思うようにいかないらしい。ちょっと気持ちが高揚すると、すぐに耳や尻尾が出現してしまうのだった。こういうことは何度も練習を繰り返し、体で覚えるしかない。生まれて半年足らずなので仕方ないが、まだまだ修行が必要だ。何せ、泣き虫の甘えん坊である。上手《うま》くできないと、いつもこうやってメソメソ泣いている。

今日はまた別の理由で泣いているようだった。

「一体、何をやらかしたんだ」

ちょうど昼時で、家には雪弥と一葉が戻っているはずだった。昼餉《ひるげ》を済ませたはいいが、何か一悶着《ひともんちゃく》あったのだろう。弥一は一人で家から飛び出してきたようだ。

今は境内《けいだい》に参拝者の姿は見当たらず、更にここは敷地奥にある蔵の軒下なので人目につくことはないだろうが、少々無用心だ。興奮状態の弥一は、黒い耳と尻尾がはっきりと見えている。紫紺丸のように人前から姿を消すような技術もないので、人間に見つかったら大騒ぎになってしまう。とりあえず、脇に据えてある大きな石の上に座らせてやった。

弥一は俯《うつむ》いて短い足をぷらぷらと揺らし、じっと黙り込んでいる。

「何もないのに雪弥は怒らないだろう?」

きゅっと引き結ばれていた唇がゆっくり動いた。

「じいじの、おまじないがかいてあるかみに、おさかなさんのえをかいたんだ。そしたら、ゆきやがこわいかおをしておこった。ゆきやはぼくのことがきらいなんだ」

弥一は博嗣《ひろつぐ》のことはじいじ、一葉のことはととさま、雪弥のことはゆきやと呼ぶ。雪弥は随分と悩んでいたようだが、人間社会で暮らしていく上では、さすがにかかさまと呼ばせるわけにはいかないと決めたようだ。

「呪《まじな》い? ああ、祝詞《のりと》のことか。それに絵を描いたのか? それは雪弥も怒るだろう。あれは、博嗣が毎回一生懸命考えて書いているものだからな。何でそんなことをしたんだ」

「じいじ、おさかなさんがすきだっていった。おしごと、いっぱいできるように、じいじのすきなおさかなさんをかいたのに……」

「そうか。それならそうときちんと雪弥にも話せばいい。話したうえで、自分が悪かったと謝れ。素直に謝れば雪弥もわかってくれるさ。もう仕事の紙に絵を描いたら駄目だぞ。博嗣が怒らない代わりに雪弥が怒ったんだ。あれはな、神の加護を得るために詠《よ》むものなのだ。昨夜《ゆうべ》も、博嗣は夜遅くまであれを作っていたのだぞ」

悪い事をしてしまったと、反省したのだろう。再び弥一がえぐえぐとしゃくり上げる。あ、もう泣くな——紫紺丸はふくふくとした弥一の顔を着物の袖《そで》で拭《ぬぐ》ってやった。

「あとな、雪弥がお前のことを嫌いなわけがないだろう？　好きだからこそ、悪い事をした時はきちんと叱ってくれるんだ。そういうのを愛情というんだ。お前の父親も、しょっちゅう雪弥に怒られていたものだぞ」

「ととさまも？」

「ああ、そうだ。雪弥が叱らなければ、今頃は悪い狗神《いぬがみ》になっていたかもしれないぞ。悪い事をしたら謝る。そうして、もう二度と同じ過《あやま》ちは繰り返さない。約束できるか？」

弥一がこくりと頷いた。

「じいじ、おこってるかな」

「大丈夫だ。きちんと謝れば許してくれるさ」

「ゆきやは？」

「大丈夫だ。そんな顔をするな。下を向いてばかりだとまた涙が出てくるぞ。上を向け」

「じゃコンは？　コンはぼくのこと、きらいになった？」

「……何故《なぜ》そんな話になる」

弥一が真剣な顔でじっと見上げてくる。紫紺丸は内心でため息をついた。

「嫌いになるわけないだろう」

「ほんとうに？　じゃあ、ぼくのことすき？　コンにきゅうこんしてもいい？」

「………………」

求婚？　いや、球根か？　紫紺丸は目をしぱしぱと瞬《しばた》かせる。何の話だ、一体。

「ととさまがいってたんだ。ととさまは、ゆきやがだいすきで、ずっといっしょにいたいから、きゅうこんしたんだって。ぼくもコンとずっとずっといっしょにいたいから、きゅうこんしてもいい？」

「…………そんなものはしなくてもいい」

「えっ」

紫紺丸の言葉を聞いて、弥一が見る間に悲しげな顔をしてみせた。しょぼんと項垂れる。黒い耳と尻尾もしょぼん。思った以上にショックを受けている弥一を見て、紫紺丸も少々焦ってしまった。

「わ、悪い意味ではないぞ。そんなことをしなくても、俺はここにいてずっとお前のことを見守っていてやるという意味だ。ほら、これをやろう」

「あっ、おまんじゅう！」

現金な子どもは、狐《きつね》と狗の焼印がついた饅頭《まんじゅう》を渡してやると、目を輝かせて飛びついた。

「それを食ったら、謝りに行ってこい」

「うん」

はぐはぐと饅頭にかぶりつく弥一を横目に見やり、紫紺丸はほっと胸を撫で下ろした。やれやれと思う。子どもの考えることは今も昔もよくわからない。

「おい、キツネ」

ようやく弥一が行ったかと思ったら、またも厄介な奴がやってきた。

「………………」

せっかく横になった体を起こすのも面倒で無視を決め込む。

「おい、知らんふりか。でかい図体《ずうたい》が見えてるんだよ、このぐうたらギツネめ」

蔵の屋根まで上がってきた一葉が、高貴な箒尻尾《ほうき》を引っ張った。

「……触るな馬鹿イヌ。馬鹿が伝染《うつ》るだろうが。何で上ってくるんだ。さっさと下りろ」

「弥一がここに来なかったか」

一葉が図々《ずうずう》しくも腰を下ろす。

「雪弥に叱られて、泣きながら出て行ったんだ」

「あいつなら、さっきまでここにいた。だがもう雪弥のところに戻ったぞ」

「何だ、そうだったのか。行き違いになったか」

ほうと安堵《あんど》の息をつきながら、やっぱりここにいたかと、ブツブツ文句を垂れる。

「おい」紫紺丸はチラッと横目に一葉を見やった。「お前は、あいつにどういう教育をしているんだ」

「は？」

「さっき、弥一に求婚されたぞ？　お前が雪弥に求婚したように、自分も俺に求婚したいそうだ」

一瞬、きょとんとした一葉が、

「――!?」

目と口をぐわっと開き、いつにも増して馬鹿面《づら》を晒《さら》した。

「ど、どどどういうことだ！」

「俺が知るか。ずっと一緒にいたいと言われただけだ」

「！　そ、そそそれで、お前、何て答えたんだ!?」

取り乱す一葉はなかなかに滑稽だった。内心でププウッと吹き出しながら、平静を装ってフンと鼻を鳴らす。

「何、とは？　俺がこの神社からいなくなるわけにはいかないだろうが。一緒にいたければここにいればいいだけのことだ」

「……まあ、そうだが」一葉がホッとしたように言った。「本当に、それだけだな？　余計なことは言っていないだろうな」

「余計なこと？　何だ、俺に何を期待しているんだ？」

ニヤニヤと口の端が釣り上がってしまうのを止められない。一葉が苛々《いらいら》したように「うるさい黙れ！」と叫んだ。用も済んだのでさっさと戻るのかと思いきや、なぜか呑気《のんき》に胡坐《あぐら》を組み直す。そういえば、と切り出した。

「なあ。俺と雪弥の結婚記念日というのは、いつになるんだ？」

「………………」

思わずげんなりとした目を向けた。

「人間は、記念日を大切にするものなんだろう？　忘れた男は嫌われてしまうと書いてあったぞ。ぷれぜんとを用意しないと雪弥に捨てられてしまう」

「お前は一体何の本を読んでいるんだ？　この暇イヌが」

「来月は雪弥の誕生日だろ。夏生まれなのに雪の名前とは珍しいな」

「雪弥の名はあいつの母親からとったんだ。弥一と一緒だ」

いい名だろう、と一葉が自慢げに胸を張った。紫紺丸はケッとそっぽを向く。こっちは貴重な昼寝のひとときを狗神親子に邪魔されていい迷惑だ。

「雪弥の誕生日にはご馳走《ちそう》を作って盛大に祝ってやらないとな。お前も手伝えよ」

「あー、わかったわかった。わかったからもうあっちに行け。うるさくて眠れやしない」

「……いいのか？　俺様をそんなに邪険に追い払って」

あ？　と惰性で目線を投げる。鬱陶《うっとう》しい奴だ。その時、一葉がどこに隠し持っていたのか小皿を取り出した。紫紺丸は思わずひくっと鼻を動かす。この、優れた我が嗅覚をときめかせる甘辛い匂いと香ばしい胡麻《ごま》の香りは……。

「せっかくいなり寿司を作ったんだが。仕方ない、これは持って帰るとするか」

「おい」紫紺丸は咄嗟《とっさ》に引き止めた。「それだけ、ここに置いていけ」

「何だ、これが食いたいのか？　ほーら、いい匂いだろう。味が染みて美味《うま》いぞ、ほーら」

一葉がいなり寿司ののった皿を右に、左に動かしだす。クソッと内心で毒づきつつ、紫紺丸も釣られるようにして尻尾を振り右を向き、左を向き——。

「おい、いい加減にしろ！　この馬鹿イヌ」

「何だと、阿呆キツネ！」

毎度のことながら、摑《つか》み合いの喧嘩《けんか》になる。

奪い取ったいなり寿司をぺろりと平らげ、腹をさすりながら寝そべっていると、「コン」と呼ばれた。

はあ、とため息の一つもつきたくなるというものだ。まったく、この親子は。

「……なんだ、雪弥」

蔵の上から見下ろすと、白衣《はくえ》に浅葱袴《あさぎばかま》を身につけた雪弥がこちらを見上げていた。ちょっと、と手招きをして寄越す。仕方なく、紫紺丸は地上に飛び下りた。

「さっきは、弥一がごめんね。コンに泣きついたみたいで」

「ああ、そのことか」

「コンを駆け込み所にしてるみたいでさ。俺に叱られるとコンのところに行くから」

「まあ、きちんと謝ったんだろ？　子どもなりに博嗣を思ってやったことだ。許してやれ」

　雪弥が笑って頷く。すっかり親の顔だなと思う。おしめを替えてやったこともあった赤ん坊が、こんなに大きくなるとは——少々感慨深いものがある。あっという間だ。弥一もすぐに大きくなるのだろう。あれは父親に似そうだなと考え、複雑な気持ちになった。

「ところでさ」雪弥が急に声音を落とした。「コンは、弥一のことをどう思ってる？」

「は？」

　質問の意味がわからず、紫紺丸は首を捻《ひね》る。雪弥が困ったように言った。

「弥一がさっき急に言い出して」

「何を」

「うーん、だからその……大きくなったら、コンと結婚するって」

「…………」

　紫紺丸は頭が痛くなった。雪弥が真剣な顔をして続ける。

「コンに懐いてるのは知ってたけど、まさかそこまで考えているとは思わなくて。俺も人のこと言えないし。どうしたらいいのかな……」

「お前だって、小さい頃は俺の尻尾を摑んで結婚すると言っていたぞ」

「え！」と、雪弥が目を丸くする。

「子どもとはそういうものだ。まったく、お前がそんなんでどうする。適当に聞いておけばいいんだ。お前だって俺と結婚すると言いながら、あんなイヌとくっついたじゃないか」

雪弥がうっと言葉を詰まらせた。目元をほのかに赤らめている。かわいい嫁をもらうはずが、どう間違ってあんな図体がでかくてうるさい邪魔なイヌ婿《むこ》になってしまったのか。やれやれと、こっそりため息を零す。まあ、雪弥が幸せならそれでいいが。

「でもさ、また別の神様をうちの神社に連れてこられても困るし。すでに神様二人と半人前が一人いるんだから。その点、コンなら……」

「おい」

紫紺丸は呆《あき》れて、おかしなことを言い出した雪弥を遮った。「いろいろと考えすぎて思考がこんがらがってるぞ。お前こそ、まだ半人前なのだからしっかりしろ。この神社を守ってもらわなければ困る」

「あ、うん。もちろん、わかってるよ。そうだ、これ」

雪弥が容器を差し出してきた。蓋《ふた》を開けて中を見せる。

「おやつだから食べて。今年初めて作ったんだよ」

抹茶の葛餅《くずもち》だ。とろりとした黒蜜がかかっていて美味そうだ。そういえば、暑い季節になると、雪弥の母親である千雪《ちゆき》がよくこれを作っていた。彼女の作ったそれを持って、まだ幼い雪弥がいそいそと差し入れに来てくれたものだ。千雪が亡くなってからも、雪弥が味を引き継いで毎年この時期になると葛餅を作る。

「ちょうど甘い物が食いたいと思っていたところだ」

一つ摘《つ》まんで頬張《ほおば》った。ぷるんとした舌触りがクセになる。抹茶のほろ苦さと黒蜜の甘さが絶妙に溶け合い、懐かしい味だ。

「……美味い」

「そう？　よかった」

雪弥が嬉《うれ》しそうに笑った。

日が長くなり、六時を回って夕拝を終えてもまだ辺りは明るい。

社殿の上からがらんとした境内を見回して不審者がいないか確認していると、社務所から博嗣と一緒に弥一が出てきた。

手をつないで歩く二人の後ろから長い影がついてくる。

「あ！」

社殿の上にいる紫紺丸に気づいた弥一が「コーン！」と声を上げて手を振ってくる。

紫紺丸は屋根から地面に飛び下りた。明後日《あさって》の方向を向いて一礼している博嗣にも見えるよう、気を調節して実体化させた。突然現れた紫紺丸の姿に、博嗣が慌てて視線を上空から目の前に戻す。「紫紺丸様、今日も一日ありがとうございました」

「コン！」と、弥一が小さな尻尾を振りながら足にしがみついてくる。紫紺丸を見上げて言った。「じいじにちゃんとあやまったよ。じいじ、ゆるしてくれた」

「そうか」

頭を撫でてやる。弥一がくすぐったそうに首を竦《すく》めた。博嗣が微笑《ほほえ》ましげに目を細めて見ている。

「弥一は、紫紺丸様が大好きですね」

「……そうか？」

「うん。ぼく、コンがだいすき！」

「それでは、饅頭と俺とどっちが好きだ？」

少々意地悪な質問をしてみると、一瞬押し黙った弥一は、「りょうほう！」と胸を張って答えた。子どもとは実に都合のいいイキモノである。

袴にしがみついてくるやんちゃな弥一を抱き上げる。急に目線が高くなった弥一がきゃっきゃとはしゃぐ。博嗣が「紫紺丸様にそんなことまでさせてしまって、すみません」と、申し訳なさそうに言うが、目は楽しげに笑っていた。

「今夜はクラムチャウダーだそうです。一葉様が張り切って作ると仰《おっしゃ》っていましたよ」

「また無理に横文字のものを探してきたな」

知ったかぶりで、舌を嚙《か》みそうになりながら料理名を言う馬鹿イヌの様子が目に見えるようだ。顔のすぐ傍《そば》で、弥一がむにゃむにゃと唱えた。

「くら……ちゃっだー？」

「そんなところまで父親に似る必要はないぞ。オツムは雪弥の方に似てくれないと困る」

横で聞いていた博嗣がおかしそうに笑った。

「まだ子どもですから。そのうちいろいろと言葉を覚えますよ」

「そうか？　何だか心配になってきたな」

何が楽しいのか「くらっちゃ、くらっちゃ」と言いながら、キャッキャと笑っている弥一を見て、紫紺丸は急に不安になってくる。興奮しすぎたのか、突然ポンッと黒い小犬の姿に変化《へんげ》して、ますます不安になった。この顔は父親と瓜《うり》二つだ。

森本《もりもと》宅の玄関が開き、雪弥が出てきた。

「あっ、三人とも一緒だったんだ。よかった、ちょうどごはんができたところだよ」

手を振って呼びかけてくる。弥一が紫紺丸の腕の中でうーんうーんと唸《うな》りながらぷるぷる震えだしたかと思うと、再びポンッとヒトガタに戻った。

「……小便を漏《も》らすのかと思ったぞ。少しは変化が上手くなってきたじゃないか」

褒めてやると、弥一がふくふくした顔をぱあっと明るくした。

「じゃあね、じゃあね、コンにきゅうこんしてもいい？」

「……そこまでは、まだまだだな」

ぷうっと頰を膨らませ、「そっかあ、まだまだかあ」と弥一がぼやく。その無駄に諦《あきら》めの悪そうなところまで一葉とだぶって見えて、紫紺丸は苦笑した。

「ほら、雪弥が待っているぞ。行ってこい」

地面に下ろしてやる。弥一がタタッと走り出す。幼い尻尾を一生懸命に振って、両手を広げて待っている雪弥に飛び込んでいく。

息子と孫が抱き合う姿を眺めながら、博嗣が幸せそうに言った。

「家族が増えて、本当に賑《にぎ》やかになりましたねえ」

「そうだな。随分と騒がしくなったもんだ」

紫紺丸も頷き、目を細める。

半分開いた炊事場の窓越しに、せっせと動く割烹着《かっぽうぎ》姿の馬鹿イヌの様子が垣間《かいま》見える。

オレンジと菫色《すみれいろ》が混ざり合った夕焼け空に、クラムチャウダーのいい匂いが漂っていた。

あとがき

この度は『狗神様と恋知らずの花嫁』をお手に取っていただき、ありがとうございます。とうとうベイビー誕生までいってしまいました。ファンタジーのファンタジーですので、さすがに生々しくならないように、ポンッ！　――という感じで、狗神ベイビーを授かりましたが、いかがでしたでしょうか。

今回もたくさんの方々にお世話になりました。この場をお借りして御礼申し上げます。

イラストをご担当下さいました、のあ子先生。カワイイ一葉とカッコイイ一葉にドキドキです。うっかり紙面にもふもふしたくなりました。ケモミミ比率が高かったですが、それぞれのキャラを個性的に描いて下さり、お忙しい中、本当にありがとうございました。

いつもお世話になります、担当様。毎度思うのですが、口絵のチョイスがとても好きです。今回も、「ここがきたか！」と思わずニヤッとしてしまいました。BL成分薄めのシーンなのに、あえて使っていただいて、ダブル一葉のドヤ顔に大満足です。ご迷惑をいろいろとおかけしますが、これからもどうぞよろしくお願いします。

そして、ここまでお付き合い下さった読者のみなさま。つがいつがいと押しかけ婿の狗神様ですが、みなさまにも楽しんでいただければ幸いです。どうもありがとうございました。

榛名　悠

✦初出　狗神様と恋知らずの花嫁…………書き下ろし
狗神様とベイビーパニック………書き下ろし
お狐様の悩みごと……………………書き下ろし

榛名 悠先生、のあ子先生へのお便り、本作品に関するご意見、ご感想などは
〒151-0051 東京都渋谷区千駄ヶ谷 4-9-7
幻冬舎コミックス　ルチル文庫「狗神様と恋知らずの花嫁」係まで。

幻冬舎ルチル文庫

狗神様と恋知らずの花嫁

2015年6月20日　第1刷発行

✦著者　榛名 悠　はるな ゆう

✦発行人　伊藤嘉彦

✦発行元　株式会社 幻冬舎コミックス
〒151-0051 東京都渋谷区千駄ヶ谷 4-9-7
電話 03(5411)6431[編集]

✦発売元　株式会社 幻冬舎
〒151-0051 東京都渋谷区千駄ヶ谷 4-9-7
電話 03(5411)6222[営業]
振替 00120-8-767643

✦印刷・製本所　中央精版印刷株式会社

✦検印廃止

ISBN978-4-344-83473-6　C0193　Printed in Japan